クトゥルー・ミュトス・ファイルズ
The Cthulhu Mythos Files

災難探偵サイガ

黒 史郎

創土社

かつて災難町と呼ばれていた町、祭鳴町。
一見平凡な町だが、そこで暮らす住人は祭りのように賑やかだ。

人物相関図

依頼人
日々野 司
元経営者

調査
黒夜の人々
カルト集団？

調査に協力

観察者
DG
ドローン
スペシャリスト

情報屋
ミルぽん
現役JK

ダイバー
テケリ
変幻自在

ペラ屋
阿久津兄妹
ゴミ屋敷の主

天堂の協力者。
タダでは頼れない曲者揃い。

闇社会の人々

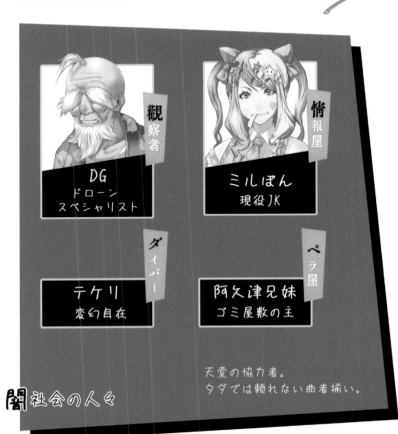

登場人物紹介

Tendo Saiga

天堂《てんどう》 サイガ

運命の女神から見はなされ、死神や貧乏神に愛される、宇宙一不運な探偵。

ホームズや金田一のような大事件を解決する名探偵に憧れるも、彼のもとに届く依頼は「逃げたペット探し」や「商店街のトラブル」といった庶民的な事件ばかり。

その依頼さえも次々と降りかかる災難によって失敗続きの彼に、いつか「名探偵」と呼ばれる日は来るのか⁉

誕生日	9月29日
好き	具のない焼きそば
嫌い	神社のおみくじ
趣味	妄想(現実逃避)

Hin Rei

ヒン・レイ

ミステリアスな雰囲気は欠片もない
テンション高めの占い師。
手相、タロット、占星術、古今東西さまざまな
占いに精通し、しかも百発百中の的中率を誇る
天堂の最悪な運勢を変えるため、
探偵助手となって町のトラブルを
解決しようと奔走するが……
水晶玉の向こうに見えるのは、
ハッピーエンド、それともバッドエンド？

誕生日	9月9日ってことで
好き	贅沢、おもち
嫌い	節約、脚の多い虫
趣味	ショッピング

Chouno Sanagi

蝶乃《ちょうの》 サナギ

尾田少年と共に探偵事務所に勝手に出入りしている小学5年生。
事務所の窓口的な存在で、依頼受付、ホームページ管理、経理などを務める。
なぜか天堂のお嫁さんになることを夢見ていて、良きパートナーになるべく奮闘中。
助手であるレイのことは恋のライバルだと思っている様子。

誕生日	10月10日
好　き	天堂、焼きマシュマロ
嫌　い	泥棒ネコ
趣　味	天堂のお世話

Ota

尾田《おた》 国磨《くにまろ》

探偵事務所に勝手に出入りしている小学五年生
生粋のオカルトオタクで、
幽霊・UFO・未確認生物は必ず実在すると
信じて疑わない。
普段は事務所で黙々と妖怪事典や怪談本を
読んでいるが、オカルト事案の調査になると
積極的に協力し、頼まれてもいない解説を
始める。彼の長いウンチク話には
みんなウンザリしている。

誕生日	6月6日
好き	心霊写真、コロッケ
嫌い	オカルト否定派
趣味	古書市めぐり

Kunimaro

Dark society

闇社会の人々

社会規範や道徳よりも
自らのルールや金銭を優先する
アウトロー達。
社会の闇を生き抜く曲者たちが、
天堂たちの暮らす祭鳴町には
多く暮らしている。

目次

プロローグ ……………………………… 13

Episode1 闇に潜む影 ……………………………… 17

Episode2 闇社会の住人 ……………………………… 43

Episode3 夜十一時の強盗 ……………………………… 59

Episode4 Tを探せ！ ……………………………… 101

Episode5 集く黒き者たち ……………………………… 135

Episode6 災の申し子 ……………………………… 171

エピローグ ……………………………… 223

Episode0 ……………………………… 231

あとがき ……………………………… 242

プロローグ

【災難】

思いがけない不幸な出来事。わざわい。難儀。災厄。

自分が不幸だと、どうか嘆かないでほしい。

運に見放されたなんて、決めつけないでほしい。

夢があるなら、諦めずに追いかけてほしい。

大丈夫——なんて、そんな無責任なことは言えないけれど。

あなたの人生は、あなたの物語。

あなたは物語の書き手であり、主人公でもある。

最終的な舵を切るのは、あなただ。

どうせ物語なんて、思い描いていた筋書き通りにはいかないものだ。

途中でつまらなく思えたり、あれもこれも詰め込もうとしてわけがわからなくなったり、体や心を壊してしまったり——そのたびに足止めをくってしまうけれども、物語はそこで終わりじゃない。いつだって再開できる。そして、終わり方は、あなたが決められる。

もう一度いう。

あなたは、あなたの人生という物語の主人公だ。


そして、この物語の主人公は——。

運命の女神にフルスイングで見放された、世界一、いや宇宙一、不運で、不幸で、不健康で、栄養不足で、見ていてなんだか不安になる、とっても不憫な男なのである。

Episode1　闇に潜む影

二十九年前の、その日――。

観測史上最大の超巨大台風が、その町に上陸した。

猛烈な豪雨と強風の中、マグニチュード８・６の直下型地震が局地的に襲い、町全体が停電に。ガス水道、すべてのライフラインが止まり、動物園では壊れた檻から虎と象が逃げ出し、拘置所へ向かっていた護送車からは連続殺人犯が逃亡。闇が包みこむ町を、パトカーと救急車と消防車のサイレンが響きわたる、そんな天中殺の十三日の金曜日、〝彼〟は生まれた。


彼が生まれた日から、夫婦には笑いのたえない幸福な時間が訪れる、はずだった。

無事に産まれたと妻から連絡があり、職場から産婦人科へ向かっていた父親の車は、逃げ出した象の足によって一瞬でプレスされた。突然の夫の訃報を受けた母親がショックで寝込んでいたところ、逃亡中の凶悪犯が産婦人科に押し入り、犯人は母親を人質にとって十一時間、籠城。ただでさえ夫を失ったショックで精神的に不安定だった母親は、人質が犯人に共感する現象ストックホルム症候群を発症。母親は我が子を置いて犯人と逃走。そのまま行方不明に。

その後、父方の叔父に引き取られるが、まもなく叔父の勤め先が倒産。その日の夜、叔父宅が火事で全焼。幸い、怪我人は出なかったが、半年後に建て直した直後、今度は地盤沈下で家が倒壊。度重なる災難による精神的ショックで叔父の痔が再発。この子がすべての災いを招いているのだと恐れた叔父夫婦は彼を施設に預け、その帰りに車でガードレールに衝突、二人とも即死だった。

災いを次々と呼び、周囲の人間を不幸にしていく、たぐいまれなる体質。

当然、子どもは親の愛情を注がれて育つことがもっとも望ましい。

だが、彼は不幸に愛され、不運に育てられた。

不運の女神が振るう理不尽な采配により、彼はたくましく、否、不健康ながらもなんとか死ぬことなく、大人へとなっていった。

その彼は今――。

※

暗くて狭い、地下の一室。

コンクリート打ちっぱなしの壁と床。

そこに屯《たむろ》う、黒衣をまとった者たち。

皆一様にフードを目深にかぶり、顔は口元しか見えない。

黒衣の者たちが囲む台の上には、仰向けに寝かされ、手足をベルトで拘束された男が必死にもがいている。

彼は、ここにいた。

猿轡《さるぐつわ》を噛まされている彼は、何かを訴えようと首を振りながら唸っている。

黒衣の一人が一歩前に出て、不気味な装飾のあるナイフを頭上に掲げる。

他の黒衣たちはそのナイフを見上げる。

拘束された男の胸にナイフが振り下ろされんとする瞬間。

彼の猿轡が口からはずれた。

ひゅうっ、と息を吸ってから、

「ひっ、ひとちがい！　ひとちがいだっ！」

ナイフを掲げた黒衣の男は「なにをおっしゃるやら」と笑った。

「あなたは、観測史上最大の超巨大台風が上陸し、マグニチュード8・6の直下型地震が襲って町中が停電により暗闇に包まれる中、動物園の虎と象と護送中の凶悪犯が逃げ出した天中殺の十三日の金曜日に生まれた、『災《わざわい》の申し子』だ」

「いや、なんだそれ、知らないって！」

「あの『禍《まが》の災日《さいじつ》』から二十九年が経った、天中殺の十三日の金曜日である今日——あなたはこの肉体を捨てさり、その魂はこの世のすべてを呪う祟り神となるのだ。そして、この腐りきった格差社会を貧富のない、幸も不幸もない、平等な世界へと変革する。あなたは新世界の最高神となり、我々の崇拝を終末の時まで受けるのだ！」

「まてまて！　これだけはいわせてくれ！　あんたらは大きな勘違いをしている！　誰の父親が象に踏まれたって？　母親が凶悪犯と逃避行？　なんだ、そのドラマチックすぎるダークヒーロー出生物語は！　うちの両親はそんな劇的な最期は迎えていないし、痔持ちの叔父もいない！　そのプロフィールは別人のものだ！　わたしの顔をよく見たまえ！」

「いいや、間違ってなどいない」

ナイフを持った黒衣の男は、まっすぐに彼の言葉を否定する。

「我々は、この世でもっとも不幸な人間を探し求めていた。そして、この町にいるとの情報を得たのだ。ひとちがい？　いいや、間違いなく、あなただ。私には判る。なによりの証拠が、その姿だ」

他の黒衣の者が手渡した手鏡を、ナイフを持った男は彼に見せる。

「自分の姿をよく見たまえ。度重なる不幸と貧困による心身の疲労は、その胃に穴をあける。そして粥《かゆ》ぐらいしか摂れない弱った肉体は、見る見る枯れ木のように痩せほそっていく。頬はこけ、眠れぬ夜が目の下に隈《くま》を刻み、日々、空腹で腹を抱えているために自然と背中も丸まり、猫よりも猫背。人生で一度も幸福の恩恵を授かったことのない不幸山脈の頂きに立つ者にしか現れないその負の面相は、我らが長年待ち望んでいた『災の申し子』以外の者に持ちえるわけがない。なにより、こんな間抜けな捕まり方をする者は、『災の申し子』をおいて他にいない」

いかめしい口調で長々といわれたが貧乏と間抜けは、ただの悪口だ。他は余計なお世話である。

「じゃあ、きっとこういうことだよ、わたしはその災いのなんとかって人と見た目がそっくりなだけだ。ほら、この世には自分とそっくりな人間が三人はいるって言うだろ。それだよ。だから信じてくれ、ひとちがいだ！」

黒衣の男は「はっ」と、一口分のため息をつく。

「もういい。これ以上は時間の無駄だ。儀式を続ける」

黒衣の男が再びナイフを頭上に掲げた時。

出口のほうから一人の黒衣の者が駆け込んできた。

「おいっ、まずいぞ！」

「何事だ。神聖なる儀式の最中だぞ、控えないか」

「警察がここに向かっているんだ！」

「なんだと!?」

その場が騒然となる。

「不審者がいると近隣住人から通報が入ったようだ」

「ばかな！　われわれは外でも言動には細心の注意を払っている。ここへ集合する際も一人一人、時間をあけて入室しているのだ。我らのどこが不審なんだ!?」

「知らないよ！　この中の誰かが目立っちまうようなヘマをしたんだろ。今は近くのビルを捜索している。ここに来るのも時間の問題だ」

「くそっ、撤収だ！　この男は連れていかねば！」

拘束具を外そうとするが、焦っているためかなかなかほどけない。

「おい、なにしてる！　すぐそこまで来てるぞ！　一人でも捕まれば終わりだ！」

「くっ、誰だっ、こんなに固く締めたのは……！」

「まにあわない、もう置いていけ！」

「くそっ！　裏口から出るぞ！」

黒衣の者たちは裏口から逃げていった。

その場に残ったのは、警察が来たことを報告に来た黒衣の者と、台に拘束された男の二人だけだった。

黒衣の者は、拘束された男の手足を締め付ける革ベルトを丁寧にはずす。

「危機一髪だったね、所長」

「遅かったじゃないか、レイくん」

「ごめんごめん」

黒衣の者はフードを脱いだ。

ピンクがかった銀にワインレッドのメッシュが入ったアシンメトリーボブ。やや目もとに野性味を帯びた中性的な褐色の顔が現れる。

「これでもすぐに追いかけたんだよ。助けに入るタイミングが難しくってさ。でも、こうして二人とも無事なんだから、そんな顔を真っ赤にして怒らないでよ、ねっ？」

四肢を拘束から解かれ、台の上の男が起き上がる。

「あと数秒、君のアクションが遅れていれば、わたしは冒涜的かつ強制的に、何やらよくわからん理由で生贄にされるところだったんだぞ。あと顔が赤いのは怒っているからでなく、熱のせいだ」

「ありゃ、風邪ひいた？」

「やつらめ、肉体から魂が離れやすくなるようにとかなんとか、わけのわからないことを言って、氷水をがんがんかけてきたのだ。それだけで死にそうになったよ……ふぁ、ふぁ、ぶわーっくしょんっ。うう、さむっ。なあレイくん、そのローブを貸してくれないか」

「はいはい」

レイと呼ばれた女性は自分の着ていた黒衣を脱いで男に渡す。

「すまんな。レイくんはそんな服で寒くないか」

「ぼくは平気。この服、見た目より生地が厚いし。でも通気性はいいから動いて汗をかいても大丈夫」

上は袖口の太い中華風な民族衣装、下はぴっちりとした黒のショートパンツといった服装のレイは、くるりと回ってポーズをとる。

「そうか。さて、やつらが戻ってくるかもしれない。こんな物騒なところからはさっさと――」

「おいっ、そこで何をしてる！」

二人の警官が警戒の姿勢をとりながら入ってきた。

「おや、本当に警察を呼んだのか？　あれ、レイくん？　どこにいった？」

いつの間にか、レイの姿が消えていた。

「おい、動くな！　人相の悪い、怪しい動きをしている人物がいると通報があって近辺をパトロールしていたんだ」

「それはごくろうさまです」

「閉店しているはずのマージャン店の扉が開いているから怪しんで来てみれば――」

「あの、これにはわけが――」

「動くなと言っただろ！」

警官たちは同時に動いて一瞬で男を取り押さえる。

「あたたたっ、待ってくれっ、誤解なんです！」

「何が誤解だ！　そんな怪しい恰好で――お前、カルトかなにかか!?」

「え!?　あ――」

黒衣に身を包んでいたことをすっかり忘れていた。これで怪しくないはずがない。

「おとなしくしろ！　署まで連行する」

「ちょちょっ、待ってくれ！　これには深いわけが――」

警官は男の頭の上から靴の先まで見て、

「きさま……本当に怪しいヤツだな……」

「聞いてくれ。わたしは天堂《てんどう》サイガ。この町で探偵をやっている者だ」

「黙れっ！　探偵がこんな場所で、そんな恰好で何をしてるんだ？　もう少しマシな嘘をつけ」

「嘘じゃない、わたしこそ怪しいやつらの調査中だったんだ。だが、うっかり捕まってしまい――え？　わたしも十分に怪しい？　ああ、この格好のことですね？　これは寒かったので助手から借り――レイくん、どこいった？　出てきて説明してくれ、レイくん、いないのか、おーい!!」

「黙れといってるんだ！」

一喝した警官は、善良な市民にはけっして向けないであろう目で男を睨みつける。

「その濁りきった目、傷だらけの顔、薬物常習者特有の頬のこけ方――きさま、反社だな」

「ちがいます」

「話したいことがあるなら署で聞く。ここでなにをしていたのか、洗いざらい吐いてもらうぞ！」

「わたしは本当に探偵なんだ、話を聞いてくれぇぇぇ！」

※

ブラインドの隙間から朝日が差し込む。

レイは二人掛けのソファに座って、テーブルの上の水晶玉に両手をかざしている。

水晶玉のまわりにはタロットカード、サイコロ、シンギングボウル、易占で使う筮竹《ぜいちく》という五十本の棒などが雑然と置かれている。

「――見えた。もう帰ってきますよ」

レイが水晶玉にかざした手を下ろすと同時に、事務所のドアが開く。

「所長、おつとめご苦労さまでーす」

「その言い方は聞こえが悪いぞ、レイくん」

入ってきたのは、くたびれたジャケットをひっかけ、緩くネクタイを締め、パナマ帽をかぶった痩躯の男。

この天堂探偵事務所の所長・天堂サイガである。

顔には無数の擦り傷。鼻血の乾いた跡。瞼は青く腫れている。

何かの入ったレジ袋をデスクに放り投げるように置くと、椅子に座って背もたれに全疲労を預ける。

「くそ、警察め。いかにも危険な思想を抱いていそうな顔だと、わたしをカルトか過激派の一味と疑って、なかなか解放してくれなかった」

「それは災難だったね、ところで所長――」

「まったく、わたしの職業は探偵で、依頼された件を調査中だったのだと何度説明してもまったく信用してもらえ――おや？」

天堂が気づくと、ソファに座っていた男性が一礼する。今回の調査の依頼人だ。

「これは失礼。いらしていたとは。あの、調査の件は後ほど報告しようかと――」

天堂は慌てて気怠い空気を払って居住まいを正す。

依頼人の男性は四十代半ばということだが、かなり老け込んで見える。

依頼人はうやうやしく頭を下げ、

「こちらこそ、連絡を待たずに来てしまい、失礼しました。依頼させていただいた調査の件ですが、助手の方から、ご報告いただいております」

天堂は「申し訳ない」と頭を深く下げた。

「今回のわたしのミスで、おそらくヤツラは警戒を強め、活動場所を変えるでしょう。そうなると尻尾を二度と掴ませてはくれなくなる。せっかく、わたくしどもを頼ってご依頼くださったのに、あなたを不安な日々から解放することができなくなってしまった。まことに申し訳ない」

二日前、『黒衣の集団について調べてほしい』という調査依頼が入った。

先々月、商業区の雑居ビルの地下にある『キャロル』というスナックが閉店した。

先月の夜、『キャロル』の元オーナーで、今回の調査の依頼人である日比野司《ひびのつかさ》が、残っている荷物を片づけに店に来ると、店内の奥で複数の人のいる気配があった。空き巣だろうかと警戒しながら覗くと、頭から足先まで真っ黒な着衣を纏った者たちが何人も集まっており、なにやらぼそぼそと声を潜めて会話をしていた。

その場で警察に通報しようとしたが、うっかりスマホを落とし、その音で気づかれた。スマホを拾う余裕もなく、依頼人はすぐにそこから逃げ出した。

翌朝、こっそり戻ると黒衣の者たちの姿はすでになく、落としたスマホは消えていた。

あんなカルトのような怪しい輩に、スマホから個人情報を奪われたかもしれない。我が身だけでなく、家族にまで危害が及ぶことを恐れた依頼人は警察に相談するも、すぐにどうこうしてくれるわけではなかった。不法侵入は犯罪だが店内で盗まれたものはなく、スマホも不審者たちが持っていったか確証はない。相手にまったく心当たりがないのであれば、どこぞの若者たちが肝試しでもしていたのではないかと、あまり深刻に扱ってはもらえず、巡廻《パトロール》の数を増やしますといわれて帰された。

それからというもの、町中でたびたび視線を感じることがあった。いつ、あの黒衣の者たちが家に侵入してくるかもしれないと思うと、夜もおちおち眠っていられない。

そこで、天堂探偵事務所の門を叩いたのだ。

「先日も説明しましたが、日比野さんは本事務所を初めてのご利用なので、完全成功報酬プラン――依頼の完全成功ではじめて料金の発生するプランになっています。よって、今回の調査のお支払いは、ゼロ円となります」

「ああ、そのようなプランでしたね。ところで、あの黒衣のやつらが次に集まる場所を、よく探し出すことができましたね」

「これでも探偵ですから。といいたいところですが、それはレイくん――わたしの助手であるヒン・レイの能力のおかげです」

依頼人はテーブルの上に広げられているタロットカードや水晶玉を見る。

「占い、ですか？」

「ええ、ここでの肩書は探偵助手ですが、彼女の本職は占い師なんです」

「そんじょそこらの占い師とはわけが違いますよ」

そういって、レイは得意げな顔をしてみせた。

「なんてったって、ぼくの占いは百発百中ですから」

「なるほど。占いを調査に取り入れているわけですか。そういえば、ＦＢＩなんかにも超能力捜査官っていましたよね」

「あんなのインチキですよ、ぼくは本物」

得意げな顔に、腰に手を当てた得意げなポーズが加わった。

「彼女の占いに、『黒衣の集団は、またこの町のどこかの地下に集まる』と出たんです。彼らが全員、魔法使いのような黒色のローブを纏い、フードを目深にかぶって顔を隠し、小声で話していたという日比野さんの目撃情報から、うまくすれば彼らの一員に扮して潜入できると考えました。――ここまでは良かった」

天堂はひと呼吸おいて続ける。

「そして、やつらが集まって、よからぬ計画でも企みそうな暗い地下室のある場所を探すため、最初に目撃された現場周辺の雑居ビルを片っ端から調べました。――ここまでも良かった。すると、目撃されたビルからいくらも離れていない同じようなビルに、不審な動きがあることがわかりました。十分ごとに人が一人ずつやってきて、地下階へと入っていくのを確認したのです。十人以上、入っていったんじゃないでしょうか」

「顔も見たのですか？」

「いえ、みんなマスクやサングラスをつけていました。調べると、入っていったのはマージャン店で、現在は営業をしていないことが分かりました。そこに人が入っていくことは、とても不自然であると判断したのです。ここまでも問題はなかったと考えています」

「だけど――」

と、レイが引き継ぐ。

「ここから、劇的に流れが変わっちゃったんです。アジト潜入の前に軽く下見をしておこうと、地下へ下りる階段に半歩だけ近づいた所長は、その持ち前の運のクソ悪さで、ソフトタイプの犬のフンを踏んでしまい、ズルリとすべって地下への階段を華麗に転がり落ち、勢いよく扉をぶちやぶって敵のアジトへと突入。言い訳や抵抗をする間もなく、そのまま捕まって拘束。あれよあれよという間に謎の儀式の生贄になっちゃったんです」

「流れるような急展開ですね」

「でっしょう？　さすがだなー、やっぱり所長は世界、いやっ、宇宙一の不運な男、キング・オブ・不運だよ！　よっ、不幸男《フコメン》！　ほれぼれするぐらい救いがないね」

「そんな嬉しそうにわたしの精神にトドメをさしてくるな。あと依頼人の前でクソとフンは止めなさい」

日比野は天堂の顔をまじまじと見つめている。

「そういうことでしたか……いや、さっきからずっと天堂さんのお怪我が気になっていたんです。だって頭から血がだくだく出ていますし、目の上に青タンができてますし、片脚は引きずってらっしゃるし……でもご本人は普通に話してますし、助手の方も普通の反応ですし……触れちゃいけないのかなと。階段から落ちた怪我だったんですね」

ちがいますよ、と天堂は否定した。

警察から帰ってくる時に負った怪我だという。

ほんの十分くらい前のことだと。

「ぼんやり歩いていたら、たまさか蓋がはずされっぱなしになっていたマンホールに落ち、なんとか這い上がったところで、たまさか落ちてきた植木鉢が頭に直撃し、再び、マンホールに転落。二度あることは三度あるといいますが四度あって、ようやく這い出てふらふらと寄り掛かった塀の上で、たまさか寝ていた機嫌の悪いネコに顔を引っかかれ、なおも襲ってくるので逃げようとしたら新聞配達のバイクにはねられただけですから大丈夫です」

「たまさかの言葉の意味を間違われてはないですか？」

日比野が苦笑いで訊くと、いつものことなんです、とレイが返す。

「このひと、この手の怪我は日常茶飯時なんです」

日常がこのレベルですかと日比野はため息をつく。

「なんてったって、うちの所長は、不運も不運、超不運、猛不運、獄不運、この世に生を受けた瞬間から不運な人なんです。たぶん、全霊長類の中でいちばん不幸な生物です」

「いや、でもさすがに」

そこまで不運な人なんていないでしょうと日比野が言いかけると、

チッチッチッ、とレイは人さし指を振る。

「うちの所長を見くびらないでほしいな。この天堂サイガって人は――」

「こら、レイくん。さっきから依頼人に失礼な言い方ばかりしてるぞ」

「いいじゃないですか別に。もう依頼は破棄されちゃうんだし。報酬だってゼロだし」

「そういうことをご本人の前でいうな……」

はっはっは、と日比野が笑った。

「問題ありませんよ。よろしければ、続きを聞かせていただけますか？」

では。

レイは「コホン」と喉を鳴らす。

「この人の運勢は、運命の女神から見放されてるどころか、フルスイングで水たまりに投げ捨てられたような、それはもう、ひどいレベルのクソ運勢なんです。手相、人相、タロット、姓名、占星術、どの方法で運命を見ても最悪、最凶、最っ低のクッソ運勢。金運皆無《かいむ》は当たり前、水難火難で前途多難、死相貧相、かわい相《そう》～。所長も歩けば隕石が当たる、ボロは着てるし、ニシキヘビにも噛まれちゃう！　災難が順番待ちで所長の後ろに行列を作ってるんですよ～。ちなみに、現在の所持金は一円×煩悩の数。自販機でジュースも買えないよ！　栄養失調♪　絶好調♪　つねにひもじく慎ましく、困っている人を救うため、今日もふらふら駆け巡る。人呼んで、災難探偵とは、うちの所長のことだ！」

ぱちぱちぱちぱち。

日比野の拍手が事務所内に響きわたる。

「レイくん、韻を踏んで小気味よく上司の悪口を言い連ねるんじゃない。それに少々、大袈裟ではないかね。わたしの運はそこまで悪くはないぞ」

「え、自覚ないの？　こわっ。この際いっちゃいますけど、うち、今回みたいなまともな調査依頼が来たのは一年ぶりなんですよ」

それを聞いて、さすがに日比野の表情も固まる。

「なにせ所長の運は、彼に味方してくれたことなんて、これまで一度もないんです。慎重になるべき大事な場面で思わぬアクシデントが、ほぼ百パー起きちゃうんですよ。だから、調査依頼を成功させたことも一度もないんです。今回もそのせいで、せっかくのこんな大口の依頼をオジャンにしちゃってるし。ぼくもう何か月もまともにお給料出てないですしね」

「レイくん、きみは今、溜まっている愚痴を吐いているのかな」

「あの、失礼なことをお訊きしますが」

失礼なことを訊きそうな目を日比野は天堂に向ける。

「天堂さんは探偵業の他にも、お仕事はされているんですか？」

「はてな。いえ、なぜです？」

「いや、さすがにその状況で生活は厳しい……ですよね？」

「ふむ。なにをもってして生活というのか、ということですな」

「三食食べられて屋根のある所で寝られることじゃない？」とレイ。

「屋根のある所では寝られている。ならば、半分以上はクリアだな」

「三食はクリアしてないんですね……」

「所長〜、事務所での寝泊まりは生活とはいわないよ。ベッドもないし」

「それなら君も同じだろ。事務所《ここ》に住み込みなわけだからな。そもそも、レイくんがソファを占拠しているから、わたしはこの椅子とデスクで寝ているんじゃあないか」

「だって、ソファはぼくの領域《テリトリー》だから」

「決めました」

突然、日比野が立ち上がる。

「決めた？　なにを？」

「依頼の件なのですが、このまま調査を継続していただくことは可能ですか？」

天堂は「え？」という顔をする。

レイは「なんで？」と訊く。

この二人の反応は無理もない。普通、依頼人はここで呆れて席を立ち、事務所を出ていって二度と連絡が来なくなる。だが、目の前の依頼人は瞳をキラキラとさせ、うんうんと頷いているのだ。

「さっきから、あなた方のお話を聞いていていて、この方たちにぜひともお願いしたいという気持ちが、より一層強くなりました。理不尽ともいえる不運に抗うことなく、むしろ受け入れ、自身のやるべきことをまっすぐ真摯に貫こうという、その精神に心を打たれました」

誰かそんなことをいったっけ、という顔を向け合う天堂とレイ。

「は、はあ……でも、よろしいのですか？」

日比野は力強くうなずいた。

「ええ！　ぜひ、この調査はあなたたちにお願いしたい。それに警察に相談しても、今の段階では動きようがないと言われていますからね。動いてくれたとしても、二十四時間、そばにいて守ってくれるわけでもないですし、パトロールを増やすといっても町には死角なんていくらでもあります。わたしや家族を人目に触れず攫うことなんて簡単でしょう」

「しかし、あなたは目撃しただけですし、このまま黙っていれば、向こうから危害は加えてこないという可能性もありますよ」

レイが天堂を肘でつついて横目でにらむ。

「ちょっと所長、なんで自分から仕事をなくすようなこと言うの」

「わたしは誠実な仕事で報酬を受け取りたいんだ」

日比野は窓に視線を向けた。

「確かに、このまま見なかったことにしていれば、何もしてこないかもしれません。でも、私はこの祭鳴《さいな》町《ちょう》に家族と住んでいるんです。夜な夜な、この町のどこかで、そんなカルトの集まりが怪しい儀式をやっているだなんて、気味が悪くて仕方がありません。なにより、私は個人情報を握られているかもしれない。

家族に危害が及ぶのではないかと夜も眠れないくらい心配なんです。早く、この不安から解放されたい。天堂さん、レイさん、なんとかやつらの正体を調べてください。有力な情報さえあれば、警察も本格的に動いてくれると思いますから」

数秒の間おいて、わかりました、と天堂はうなずいた。

「もう一度、確認します。本当に調査は継続――ということでよろしいんですね？」

「はい。天堂探偵事務所に調査の継続を正式にお願いいたします」

※

「捨てる神あれば――っていうけど、ほんとにいるんだね。拾う神」

水晶玉に両手をかざしながらレイがいった。

「本当にありがたい話だ。あんなボロクソに社員から文句を言われていたのにな」

天堂は鏡を見ながら顔に絆創膏を貼っている。

「所長、ぼくが自暴自棄になって職場のブラックっぷりを暴露してたんだと思ってない？」

「どう聞いても内部告発だろ、あれは」

「んもう」

わかってないなぁ、とレイは呆れた声をあげた。

「ぼくたち何年一緒に仕事してるんだよ。あれは、わ、ざ、と。ああいうふうに話せば、こういう流れになるって、ぼくの占いに出ていたからに決まってるでしょ」

「君とはまだ一年くらいの付き合いだと思うが。なんにせよ、これはわたしの人生で初めて訪れる、またとないチャンスだ。これを逃せば、八十年はやってこないレベルのな」

「所長のチャンスの周期、ハレー彗星よりも間隔が長いんだね」

「めったに来ないシリアス系の調査以来だ」

失敗は許されないぞ。

そういって天堂は絆創膏だらけの顔をキリリとさせた。

「たしかに、うちにくる依頼って、家の鍵を失くしたから捜してくれとか、ペットを散歩させてとか、ペットを預かってとか、ほとんど便利屋の仕事だもんね」

「ペット関連は完全に便利屋かペットホテルの仕事だしな」

「所長が探偵だってこと忘れてるんじゃないですかね？　町の人たち」

「……かもしれん。探偵としての実績が皆無だからな。自分で言っていて空しいが」

天堂は事務所の書架に目を向ける。

そこに並ぶのは、繰り返し読み過ぎてボロボロになった、ドイルやポーや乱歩の推理小説。これらは天堂が探偵になったきっかけともいえる本だ。

彼が夢見ていたのはもちろん、どんな難事件も解決する名探偵。

警察をあざ笑う怪盗の犯行予告。密室殺人現場に残された謎のダイイングメッセージ。幾重にも仕掛けられた難解なトリック。そういう事件を解決したかった。

そして、探偵たちのハードボイルドな生き様に憧れた。霧の煙《けぶ》る夜更け、無口なバーテンダーのいる裏路地にあるバーで、琥珀色のグラスを傾けながら紫煙をくゆらせる、そんな生き様だ。

――現実はそんな世界ではなかった。

リアル探偵の仕事の七十パーセント以上が浮気調査で、後は家出人の捜索や、企業内の不正調査、逃げたペット捜しだ。小説や漫画の主人公のような、洋館の食堂に人を集めて推理を披露するような出来事は起きないのだ。

だが、背に腹は代えられぬ。仕事をしなければ食ってはいけない。

その仕事も舞い込むのは稀なことだ。

はじめは、この町で初の探偵事務所ができたと話題になり、それなりに依頼もあったが、仕事の成功率があまりに低いためにリピーターもつかず、悪い評判だけが増えていった。

「だからって客寄せのために『初めての利用者は依頼の完全成功のみ報酬が発生』なんてプランを作ったのは悪手だったよね。自殺行為。だって、どんな簡単な依頼も所長の不運が邪魔して、みんな失敗で終わっちゃうんだから」

「そうなのだ。けっして、わたしがいい加減な仕事をしているわけではない。悪いのはみんな、わたしの運なんだ。だが利用者にはそんなことは関係ない。よって二度とうちを利用しなくなる。その結果、タダ働きのうえに信用と客を失い、金も入らず、なんならわたしには怪我までついてくる。ふふふ、最悪の就労システムだ。確かにこれでは助手にブラックといわれても仕方がない、ふふふ」

虚ろな目で自虐的な含み笑いに肩を揺らす天堂。だが、急に目に生気を宿し、固く握った拳を振り上げる。

「しかしだ！　今回の仕事で挽回できれば、その噂は口コミでじわじわと広まり、天堂探偵事務所は意外と頼りになるかもしれないと少しずつ依頼が増える。そのひとつひとつを丁寧に誠実にこなせば、汚名挽回！　信用回復！　商売繁盛！　フフ、こいつは忙しくなるぞ。レイくんにも、たっぷりボーナスをあげないとな」

「意外とポジティブなんだよな、この人」

レイは水晶玉から一瞬目を離し、所長デスクの上に置かれているレジ袋を見る。

「ところでさっきから気になってたんだけど、その袋ってなに入ってるの？」

「わたしの朝食だが？」

天堂はがさがさと袋を開いて中身を見せる。

「うわ」

「うわ、とはなんだ、うわ、とは。こんな高級食材を」

「その辺に生えてる雑草と謎のキノコだよね？　高級ではないよね？　ちゃんと食べられるのか調べてから採ってる？」

「いや、名前も知らん」

「知れよ」

レイは真顔で伝えた。

「なあに、心配ないさ。こういう道端に生えている草は、子どもの頃からおやつ代わりによく食べていたが、腹を下したことは今まで一度もない。まあ、よく採取していた場所が散歩犬のトイレコースだと知ってショックを受けたことはあるが、それは草の責任ではないしな。洗えば問題はない。キノコはスーパーで売っているものと違って、見た目は少々悪いが」

「熱帯雨林に棲息する蜘蛛みたいな色をしてるんだけど」

「味や食感は悪くないぞ。苦みや酸味やエグ味や粘り気の強いものが多いが、それがクセになる。そういえば昨日も、その前の晩も草とキノコだったたな。いつも採れるわけじゃないから、たまにコケを食べたり、蜘蛛の巣を食べたり、外の空気を吸ったりして腹を満たししているよ」

「この人、仙人にでもなるつもりなのかな？」

おおげさだな、と天堂は笑う。

「草くらいみんな食べているだろ。レイくんもハンバーガーやピザばかり食べていてはいけないぞ。生活習慣病は予備軍も含めて二千万人以上、その数は年々増えているのだ。これは飽食時代のもたらした影響だ。粗食は健康的でいいことしかないのだぞ」

「空気や犬のウンコのついた草は粗食でもないからね」

上司の食生活を聞いていたら気分が悪くなってきたので、レイは話題を切り替えた。

「ところで、黒衣のやつらの次の動きだけど」

「お、どうだ。何かわかったか？」

くだらない会話をしているあいだ、レイは水晶玉で黒衣の者たちが次に集まる場所を探していた。といっても、この《水晶球凝視》という占い方は明確なヴィジョンを視せるものではない。像を完全に結んでいない歪《いびつ》な輪郭を持つ何かの形や、色や文字などが宝石の遊色のように球内に現れるのだ。あるいは、水晶玉の中に視線を泳がし続けることで、散文詩的なものが頭の中に現れ、それを文字に起こして知りたいことのヒントとする。

「それらしいものは視えたよ」

天堂はメモをとろうと準備している。

――黒を追う者

――黒と同じ色を持つ者たちに導かれよ

――さすれば再び集いに招かれん

「って感じかな」

「黒を追うってのは、わたしたちのことだな」

「だね。黒と同じ色を持つ者たちって、うーん……なんだろ？」

天堂は勝ち誇ったような笑みを浮かべていた。

「亀の甲より年の功。わたしにはピンと来たぞ」

Episode2　闇社会の住人

祭鳴町《さいなちょう》。

祭囃子が鳴り響きそうな名を冠するこの町は、西側が住宅区、中央が商業区、東側の港湾区の先には灰色の海が広がっている。

一見、どこにでもある普通の町。

だが、祭鳴町へ行くつもりなら、最善の注意が必要だといわれている。

この町ではあらゆる災いが、誰かに降りかかろうと待ち構えているからだ。

カラスにフンを落とされる。犬のフンを踏む。転んで膝を擦りむく。

このレベルの災いなら、毎日起きる。

地震、落雷《かみなり》、大火災《かじ》、津波。それらメジャー級の災害は、ここに暮らして一年間で、すべて経験することになる。

事故や事件に巻き込まれる確率は、この町に来た瞬間から一気にはね上がる。

台風、豪雨、花粉の飛散量の「観測史上最大」の数字は毎年更新され、月一で道路陥没か、地滑りか、異臭騒ぎか、害虫の大発生が起きる。

隕石が人に当たる確率は百六十万分の一と言われるが、この町では車にはねられて搬送されているところに親戚の訃報が届くくらいの確率にまでは高くなる。

この町のどこかで必ず、大なり小なり災い事《よくな》が起きている。

だれが呼んだか、災難町《さいなんちょう》。

でも、安心してほしい。

そんな物騒な町だったのは、昔の話。

今は、だいぶ過ごしやすい町になっている――はずである。

※

祭鳴駅の駅前広場。

小さい町だが駅前の賑わいは他の町にも引けを取らず、最近はクレープやタピオカジュースを販売するキッチンカーも出ていて、若者たちの溜まり場と化している。

天堂とレイは待ち合わせによく使われるパブリックアートの前で、占いで暗示された、ある人物を捜していた。

「なるほどね、《黒と同じ色を持つ者たち》って、ぼくらの追ってる黒衣の者たちのことじゃなく、彼らのことだったんだね」

「うむ。黒と同じ色――闇。レイくんの占いが伝えているのは、この町の闇の力を借りろということなんだろう」

「祭鳴町の闇社会の住人か――相当ヤバい人たちだよね」

天堂は重いため息を吐きこぼした。

「できれば関わり合いたくはなかったが、レイくんの占いに出ているのなら、きっと彼らの力なくしては黒衣のやつらに辿り着くことはできないのだろう。それはつまり、我々の追っている対象は、アンダーグラウンドに沈んで活動している者たちということだ。その辺で聞き込みした程度では、尻尾の先も掴めんだろうな」

「蛇の道は蛇。アングラのことは闇社会の住人に、か。ここに来たってことは」

「ああ、《情報屋》だ」

どの町にも、裏と通じている情報屋はいる。

常人では知りえぬことを知っており、それらの情報を金と引き換えに渡す。

祭鳴町には、あらゆる情報網を片手ひとつで掌握し、この町の全てを知る存在がいる。

闇社会に息づく者たちの一人であるこの人物は、表の顔の一つに「天才プログラマー」があり、独自開発したクラッキング防止システムには百億の値がついたといわれ、業界では今も伝説を作り続けている。

どこにも顔出しはしておらず、正体は謎。世界最大手ソフトウェア会社のＣＥＯや、国際ハッカー集団のリーダー、あるいはそのどちらでもあるという説もある。

「たまにこの駅前で見かけるが、わたしからは絶対に声はかけない。仕事で会うのは久しぶりだ。そう、あの時以来だな」

「もう一年なんだね。所長と出会ってから」

「そんなになるのか。いや、まだそんなもんか、ともいえる。本当にいろいろとあったな」

二人は、空の同じ一点を見上げながら思いだす。

「ぼくが駅前《ここ》で占いの露店を出していたら、路地からズタボロの所長が出てきたんだっけ」

「調査対象を追跡中、カラスの大群に襲われ、マンホールに転落した時だな。君にいきなり声をかけられたんだ。死相が出てるとか、最低最悪の運勢だとか。その時は、失礼な占い師に絡まれたと思ったよ」

「ぼくは、本気で幽霊かゾンビが出たと思ったよ。だって致死量の出血しながら普通に歩いてるんだもの。でも、すでに死んでる人が死相ぶらさげて歩いてるのは変だなって声かけてみたら、かろうじて生きてる人だったから驚いたよ」

「驚いたのはこっちだ。いくら、ひどい運勢が視えたからって、赤の他人である男の運勢を好転させるため――そんな理由で、たった今はじめて会った女性が半ば強引に事務所に住み込んで、まさか自分の助手になるなんて思わないだろ」

「あはは、今おもえば無茶苦茶だよね」

二人で笑い合った。

「それにしても、いないな」

「いつもなら、この辺りでたむろしているのにね。電話してみる？」

スマホを取り出したので、「よせ」と天堂は止めた。

「闇社会の人間と連絡を取るのに、もっともやってはならないのが、それだぞ」

「そうなの？」

「おいおい、しっかりしたまえ、探偵助手くん。秘密を扱う我々の仕事において、もっとも慎重になるべきは情報保持だろ」

レイのスマホを見ながら、

「その手の通信機器による連絡手段は、盗聴はもとより、ジャックされて双方が違う情報を入れ込まれ、操作されてしまうこともある。信用第一の探偵にとって、闇社会の人間と繋がっている記録が残るのは、不都合でしかない。それは向こうもそうだ」

「なんかめんどくさーい」

レイが口をとがらせる。ロクに探偵仕事もしていないくせに天堂は「探偵とは」「〇〇とは」みたいな話をよくする。

「面倒くさいが、必要なことだ。そもそも、彼らは仕事の相手とは、時間や場所を決めて会う約束などしない。彼らの異能ともいえる能力を欲する組織は世界中にゴマンとあるからな。都合の悪い秘密を握られるのを恐れ、消してこようとする者もいるだろう。だから闇社会の人間にとって、確実にそこにいるという情報は命とりになるんだ。もし、彼らと連絡を取りたいのなら、使うたびに変更する暗号や符丁を用いるか、彼らの居る場所を探しだして、直接会って口で伝えることだ」

やっぱりめんどくさい、とレイはぼやく。

「ぼく、ちょくちょくＬＩＮＥとかしてるけどな」

「え……そうなのか？　《情報屋》と？」

天堂は驚愕の事実を知らされたような顔をした。

「うん、普通にするよ」

「……わたしはレイくんよりも付き合いが長いのに、電話番号さえ教えてもらったことがないぞ。ああ、それはあれだ、友人としてだろ？　仕事の話は絶対にしないはずだ」

「あー、確かにそうかも」

「ほら！　やっぱりそうだろう？　彼らは、そこは徹底しているはずだからな」

ものすごく安堵したような表情だ。

「それにしても、ほんといないね、《情報屋》」

「彼らは唯一無二の能力者、引く手数多だ。先約でも入ったんだろう。改めるか」

「いや、まって。いたいた。おーい」

レイが手を振る。

駅前を行き交う人たちの中、明らかに周りと色合いの違う集団がいる。

駅前に止まっているキッチンカーに並ぶ女子高生たちだ。

彼女たちの学び舎は、生徒を規則に縛らない校風なのだろう。みんな、カラフルで個性的な髪型をしており、自由なアレンジで学生服を着こなしている。

そんな彼女たちから一人はずれて、ひと際、派手やかな少女が手を振りながらこちらに近づいてくる。

「レイちーん、おひさー」

「久しぶり。先週いった焼肉、美味しかったね〜」

「だしょー、また近いうちリピートっしょー」

ハイタッチやハグで挨拶する彼女たちを、天堂が呪うような顔で見つめている。

「レイくん、君はまさか、わたしに黙って焼肉まで食べていたのか……」

「え、なんかまずかった？」

「あー、おじさんもいるじゃん、ウケる〜」

ここで初めて天堂を認識したらしい。まったくウケている様子はない。

「おじさん顔色、超死んでるから、壁画かと思って気づかなかった〜。あいかわらず、ひまんちゅ〜？」

「暇人を海人《うみんちゅ》みたいに言うな。久しぶりだな、《情報屋》ミルぽん」

「だね〜、つっても、あーしは毎日、ここでタピってるけど〜」

ラベンダーピンクとターコイズライトブルーのツートーン・ヘア。

カバンや学生服にちりばめられたファンシーグッズ。

片手にスマホ、片手にタピオカミルクティー。ガムのように噛んでいる口からニョロリと出ているのは、祭鳴町名物《干しタコ》だ。

最近の流行りに、そこはかとなく取り入れられたおじさん要素。

まごうことなき、正真正銘の現役女子高生である。

——だが、彼女は闇社会では《情報屋ミルぽん》として恐れられている存在。

彼女はモバイル端末ひとつで、人の家の夕食の献立から政府の極秘ファイルの中身まで、なんでも知ることができる。その能力は世界中の企業や組織から求められ、これはあくまで噂だが、ＣＩＡが協力を求めて彼女を捜しているといわれている。

だが、ミルぽんは捜査網を華麗にすり抜け、僅かの情報も与えないのだそうだ。

今、目の前にいるのは、そんなネット情報社会に君臨する神なのである。

「こうして、あーしに会いにきたってことは、取引ってことよね。つーことは、例の黒フードの居場所、知りたいって感じ～？」

「さすがだな、話が早い。頼めるか？」

「了解《り》。と、その前に、こっちの話を済ませとかないとね」

ミルぽんは指で輪っかを作ると、そこから天堂を見る。

「わかってる。それで支払いなのだが――」

「ちょい待ち。『だが』？　その『だが』、なんかクソ不吉なんだが？　マジ確認していい？　ゼニはあるんだよね？」

うっ、と呻く天堂の顔が露骨にこわばる。

「おやおや～？　ゼニがねぇ～なら、これ以上の会話は無駄っつーことでシメるけど」

「待て。正直に言う。今はない。だが」

「はい終了～。『ない』っていった時点でナシ。『だが』の先は聞くだけムダ～。あーしと取引したけりゃ、まずゼニを用意してから来な、ゼーニ」

「ねぇ、ミルぽん」

「レーイちゃん」と言葉を遮る。

ミルぽんの目の奥にある光が闇に住む者のそれになったのを見て、レイは黙り込む。

「ごめんね、いくらレイちゃんでも取引は別なんだわ」

ミルぽんは闇を湛えたまま、その瞳を天堂に向ける。

「どうせ今はゼニはねーけど、成功報酬が出たら支払えるとかっていうんじゃね、てか図星っしょ、おじさん」

「その通りだ」

「それって、おじさんおなじみのアンラッキーで、いつもみたいに仕事でヘタうってさ、依頼人からゼニもらえないっつーフラグ激立ちしてんだけど」

「いや、今受けている依頼は絶対に――」

「だから終了つってるし～。おじさんみたいな人の〝絶対〟なんていちいち信用してたら、うちらみたいな稼業とっくに廃業してんし」

「ハイ、ハイ！」

　レイが跳ねながら挙手する。

「おっ、どした？　レイちん」

「じゃあ、これでどうかな。もし所長がミルぽんに期日までに支払えなかったら、天堂探偵事務所を『ミルぽん探偵事務所』にして、ぼくたち、ミルぽんの下で働くってのは？」

「お、おいレイくん！　何を勝手なことを君は……」

「それって、あーしになんかメリットある？　溜まってる家賃のツケが回って来るだけじゃね？　別に事務所なんか構えなくても、スマホ《これ》あれば年収、億は稼げるし」

　だよね、とレイは肩を落とす。

「あ、ならさ」と今度はミルぽんから提案。

「レイちん、あーしの専属占い師になるってことでどう？」

レイは一秒ほど考えて頷いた。即決だ。

「いいよ。いいね。そっちのほうがちゃんとお給料もらえるし。じゃあそういう約束で、お願い！　力を貸して！」

「かしこまり〜。じゃ、ちょちょいってやっちゃうね〜」

スマホの画面をタッチするミルぽん。その親指は早すぎて見えない。

「はい、完了。レイちんのスマホに送ったよ」

「え、もう？　はやっ！」

レイのスマホのホーム画面に知らないアイコンがある。

長押し《ロングタップ》すると、何らかのリストがついたファイルが開いた。

「あーしのスマホ、町中の監視カメラにつねにアクセス状態なのね。で、顔認識とパターン認識アプリで不自然な動きが多いヤツをガッチリ捕捉して自動リスト化してるわけ。そしたら、一年くらい前から、歳も性別も職業も住所もバラバラな十二人が、祭鳴町で不定期に集まってんのがわかったわけ」

地下室にいた黒衣の人数もそれぐらいだったなと天堂は思った。

「待ち合わせして集まるとかじゃなく、一人ずつ、ちょうど十分間隔で集合場所に入っていって、十二人目が入ってから二時間後、今度はそこから十分間隔で一人ずつ出ていくんだよね」

「徹底してるな。リーダーが慎重なやつなんだな」

「集まる場所は毎回違ってて、一度使ったところには集まらないみたい、今のところはね。集まる面子も毎回同じ」

「へぇ、そういうのまでわかるんだ」

レイは感心する。

「まあ、ぶっちゃけ、元画像が町の防犯カメラからの切り取りだから画質そんなよくないし、こいつら揃って帽子、マスク、サングラスでフル装備してるから顔面は見えないけど、あーしの開発したウルトラデラックス認識アプリは耳の形とか体形でも認識すっから、決まった十二人が不定期に集まって、なんかヤベェことしてるってのは丸わかりなわけ」

「この送ってくれたリストは？」

「これまで集まりに使われた場所の住所。と、日付け。どこも潰れたりして今はやってない飲食店とかだね」

「なるほど。これは助かるな」

横からリストをのぞき込みながら、天堂がウンウンと頷く。

「まず我々は、もう営業をしていない店で、地下にあって、まだ彼らに集合場所として使われていない場所を見つけてリストアップすればいいわけだな」

「そういえば集まる日って決まってないのかな。えっと、この月は三日、九日、十五日、うーん、ばらばらだね――――んんん？」

レイはスマホのアプリでカレンダーを開く。

「ちがう。どの日も仏滅だ！」

「おっ、本当か！」

「うん！　あの人たち、仏滅の日にだけ集まってるんだ！」

「あっ……悪いな、レイくん。そうでもないようだ。昨夜は仏滅ではない」

「あれ、ほんとだ。なーんだぁー。でも昨日は十三日の金曜日だったんだね」

わかったっしょ、とミルぽん。

「これって、不吉なイメージのある日を選んで集まってる感じじゃね？」

「占いにも関係してくるんだけどさ」

スマホのカレンダーを見ながらレイが続ける。

「仏滅は釈迦の死んだ日で、六曜でもっとも縁起の悪い大凶日なんだよ」

「六曜とはなんだね？」

「吉凶を占うために日に当てられた、仏滅、大安、友引、先勝、先負、赤口の六つのことだよ。元は中国で生まれた考え方なんだよね。で、十三日の金曜日のほうは諸説あるけど、最後の晩餐の参加者が十三人で、キリストが死んだのが金曜日だからってのが有名だよね」

なるほどそういうことかと天堂は納得がいった。

「どっちも、神となった者の死んだ日なんだな。そういえば、黒衣のやつらは、わたしを殺して神にするとか、そんなことを言っていた。ただ不吉な日を選んでいたわけでなく、やつらの教義に合った日取りだったんだ。これで、次にやつらが集まる日がわかったな」

「んで、どうしちゃう〜？　これ以上の情報ゲッチュしたいなら、そいつら素っ裸にひんむくまでやるけど？」

「ちなみに、費用はいかほど？」とレイが訊いた。

ミルぽんは人さし指でレイを呼んでボソボソと耳打ちする。

レイはキラキラした瞳を天堂に向け、「所長、売っていい内臓とかある？」と訊ねた。

「あるわけないだろ……いったい、いくらだったんだ？　あ、いや、聞きたくもない。まあ、十分な情報はもらった。ここからはわたしたちでなんとかしよう」

ミルぽんは向こうで手を振っている友だちに手を振り返し、

「ほんじゃ、あーしはマブだちらとカラオケいってくんね」

「あれ？　契約書とか書かなくていいの？」

「そっか、レイちん、あーしらの取引の場面って見てないもんね。契約書なんて、ただの紙っ切れ。いくらでも偽造できるし、そういうことできちゃうヤベーヤツ、あーし知ってるからさ。それより今この瞬間にも、あちこちの防犯カメラや車載カメラが、うちらを撮ってるわけ。その映像と音声は、あーしが保管してっから、これが契約書代わり。レイちんの専属占い師のとこもバッチリだからね。そんじゃ、よろしく、いあいあー♪」

不思議な挨拶で締めてミルぽんは去っていった。

「いあいあー♪　かぁ。ギャル系ＪＫたちの言葉って面白いよね」

「レイくん、くれぐれも君は使わないでくれよ。最近の若者言葉は、わたしには宇宙の言語、まるで理解不能なんだ」

「り」

「言ったそばからやるとはね。いや、お見逸れしたよ。さて、わたしたちもいったん事務所に戻ろう。ミルぽんのくれたリストを参照し、祭鳴町にある潰れた店舗や施設を片っ端から調べていこう。次の仏滅の日で終わらせるぞ」

「り」

「……それほんとヤメてくれないか」

Episode3　夜十一時の強盗

天堂はデスクに町の地図を広げ、深刻な表情をしていた。

商業区に記載されている飲食店には、現在ではもう営業をしていない店が想像していた以上に多かった。

祭鳴町は昔から災いの多い土地だ。

度重なる自然災害により幾度となく甚大な害を被ってきたため、美しい景観を望む場所や歴史ある建物といった観光資源がなく、外から人を誘引する力がない。それゆえ、この町で商売をするのはかなり難しいようだった。

「おいおい、なんということだ。金が入ったら一度は入ってみたいと思っていたハンバーグ店まで昨年、閉店しているではないか。まさか、我が町がここまで衰退していたとは……うーむ、これはなかなかショッキングな事実を知ってしまったな。そして、営みの失せた空ろな地下の洞《うろ》には、不気味な野望を抱く黒衣のものどもが集まって夜な夜な冒涜的な儀式を繰り返している、か。まったく、いったい誰がこんな物騒な町にしたんだ」

生まれ育った町が廃れておかしなことになっていたことは嘆かわしいが、天堂には少しだけ救われることもあった。

「わたしはよほど商運がないのだと思っていた。しかし、この町の現状を見る限り、どうやら経営難はうちだけではなかったのだ。わたしだけが特別、商運がないというわけではなかったのだな」

「しまった！」

ソファで寝そべってスマホをいじっていたレイが、いきなり大声をあげて起き上がった。

「どうしたんだ？」

「今日、まだ所長の運勢を占ってなかった！」

「ん？　ああ、そういえばそうだな」

「うわっ、もう七時なの⁉　今日は依頼人と会ったり、ミルぽんに会いに行ったりしてバタバタしてたから忘れちゃったんだ。よし、今からでも」

さっそく水晶玉に両手をかざし、むにゃむにゃと何かを唱えだす。

「おいおい、少し大げさじゃないかね。もうあと数時間で今日も終わる。一日くらい占わなくたって平気だよ」

レイは尖った目を天堂に突きさす。

「所長は自分の運命の無慈悲さをなめてるよ。別に所長一人が不幸になるぶんにはぜんぜん構わないよ？　でも、所長の不運は『巻き込み系』なんだ。所長の側にいる人、所長のいる場所、所長の関わったあらゆるものに影響を及ぼしかねない。だから、一日でも欠かしたらだめなんだよ」

そういうと水晶玉に集中し、むにゃむにゃと唱える。


一年前。レイが探偵助手としてこの事務所に住み込むようになったのは、天堂があまりに危険な相をいくつも持つ男だったからだ。

天堂を占うと、彼の不運が呼ぼうとしている災いはあまりに強大すぎて、彼一人の被害だけでは済まず、町中の人たちを巻き込んでしまうほどに強力なものだとレイは知った。放っておけば、彼一人のせいで町を壊滅させるほどの未曽有の大災害が降りかかる。

そんな光景が視えてしまったレイは、彼に降りかからんと待ち構えている災いを占いによって事前に探知し、破滅まで一直線の運命ルートに分岐を作ることで、最悪の事態だけは回避させようと、そばで見守ることにしたのだ。


「ああ、見える……何かが、ここに近づいている」

レイが水晶玉から何かの暗示を受けたようだ。

「何かが来る？　ああ、そろそろ昨夜連絡のあった依頼人が来る時間だな。いやあ、また新たな依頼が入るとは、ふふふ、最近、仕事のほうの運が向いてきたんじゃないか？」

「ううん、依頼人じゃない。これは、空？　空から、何かがすごい勢いでここに――」

伏せてっ！

レイが叫ぶと同時に窓ガラスを突き破って何かが部屋に飛び込んできた。

それはまともに天堂の後頭部に直撃する。

「所長ォォッ！」

勢いよくデスクに突っ伏した天堂。

彼の後頭部に刺さっているものを見て、レイは呆然とした。

だがすぐ我に返り、スマホで検索する。

天堂の後頭部に刺さって屹立しているもの。

それは、日本でいちばん大きなワシである、オオワシであった。

鳥目だから空と間違えて突っこんできたのか。祭鳴町上空を飛んでいる時に気でも失ってそのまま墜ちてきたのか。意識を失っているオオワシの身体は凍りついたように硬直しており、嘴を天堂の後頭部に刺した状態でピンとまっすぐ立っていた。

天堂からオオワシをそっと引き抜くと、ぴゅうっと後頭部から噴出した血がきれいなアーチを描く。意識が戻ったオオワシは、この状況に混乱しているのか、大きな翼をバッサバッサと羽ばたかせだした。

慌てて割れた窓を開けてやると、オオワシはすぐさま飛び去っていった。

机に伏したまま痙攣している天堂を見て、今日も彼は平常運転《いつもどおり》だなとレイはうなずいた。


天堂の頭にレイが包帯を巻いていると事務所のドアがノックされた。

しつれいしますと入ってきたのは、細身で気の弱そうな若い男性だった。

「あの……本日七時半から予約していた兼柴《かねしば》と申しますが……お取込み中でしたでしょうか」

おどおどして声が震えている。かなり緊張した様子だ。

「いえいえ大丈夫ですよ〜。お待ちしてました。どうぞこちらに」

レイにソファへ案内されながら、チラリと天堂のことを見た兼柴は不安そうな表情になる。無理もない。(血の出すぎで)顔色が真っ白な男が、血のにじむ包帯を頭に巻いてニッコリしながら自分を見ているのだ。

「ああ、この怪我ですか？　気にしないでください。さきほど、ちょっと転んでしまいまして」

はあ、とぎこちない笑みを返した兼柴は、天堂の髪の毛に刺さっている鳥の羽↓床に散らばる割れたガラス↓という順に視線を振り、今にも帰りたそうな空気を出していた。

「天堂探偵事務所の探偵、天堂サイガです。こちらは助手のヒン・レイ」

「兼柴レイジです」

「それで、本日はどのようなご相談でしょうか」

「はい。あの――えっと、その」

言いづらそうだ。

もじもじとし、目を泳がせている。

「ぼくはその……アニメのフィギュアが好きで集めているんですが、三日前にとても大事な一体を盗まれてしまいまして――」

「ほお。それは高価なものですか？」

「は、はい。『グルマジ』に登場するパスタ三姉妹の笛戸《ふえと》チネですから」

「？？？」

レイが天堂に耳打ちする。

「十六年前に放送していた美食を題材にした魔法少女系アニメだよ。ミシュランの星持ちレストランのオーナーたちが敵役の声優をやっていたことで話題になったんだ。かなりガチの料理バトルをするだけでなく、台本にない本気の口ゲンカとかし始めちゃって、放映当時はスタジオ内がありえないくらいピリピリしていたんだって。今でもコアな層に熱狂的支持をされている作品だよ」

「レイくんはなんで詳しいんだ？」

「アニメは日本の宝だからね」

　答えになってない。

「――失礼しました。それで被害額は」

「発売当初は三千円でしたが、僕が購入した時はすでにプレミア価格になっていて、十六万に――」

「じ、じ、十六万！」

　天堂はおもわず立ちあがる。

「人形一体が⁉　アンティークドールとかではないのですよね。アニメのフィギュアが、十六万て……一生遊んで暮らせる額じゃないですか」

「は？　一生？」

「すいませ〜ん、うちの所長はお金の価値観が人とかなりかけ離れていまして。あんまり気にしないでくださいね。はい、所長も、どうどうどう」

　その場を取り繕い、レイは話を進める。

「それで、他に被害はありましたか？」

「はい。次は二日前、別のフィギュアが盗まれてしまいまして」

「えっ、二日連続？　うわあ、それもレアなフィギュアだったんですか？」

「はい。『腹痛少女』のセイ・ロガン限定モデルです」

「ええーっ、あれって三千体しか作られなかったレアですよね」

「はい。今なら市場価値はたぶん三十万くらいかと」

天堂が金魚みたいに口をパクパクさせている。

「さささ、三十万⁉」

「所長、どうどうどう」

「あとは昨日、『ベストポジションちん太郎』のちん太郎2008年夏フェス限定モデルが」

急にジャンルが変わったのが気になるがそれは口にせず、レイは質問を重ねる。

「三夜連続で盗難に遭われたってことですか？　一晩で三体盗まれたんじゃなく？」

兼柴はコクンと頷く。

「はい。そうです。しかも、僕の目の前で」

「え、盗んでいる現場も目撃してるんですか？　本人がいる前でって……それってもう強盗ですよね。警察案件なんじゃ」

兼柴は目を伏せた。

「警察には相談してません。できないし……するつもりもありません」

なにやら、事情がありそうだ。

天堂は顎をマンダム風に撫でさすり、こう推理する。

「兼柴氏、あなた実は犯人に心当たりがありますね。警察に相談できない理由、それは、犯人があなたの親友であったとか」

「いや違います」

「違いましたか」

「実は――」

兼柴は事件当時のことを語った。


その日の夜。

自宅で寝ていると突然、部屋に見知らぬ男が入ってきた。

驚いて叫んだつもりだったが、声がまったく出ない。

起き上がろうとしても体が動かない。

そこで自分が金縛りに遭っていることに気づいた。

意識は覚醒しているのに体だけ眠っているように動かず声も出ない。そんな状態の自分には目もくれず、見知らぬ男は布団の横を通ってコレクションが陳列する棚の前に立ち止まると、品定めするようにしばらく見た後、一体を選んで取り、また自分には目もくれず部屋を出ていった。

「――と、こういうことが三夜連続でおきまして。今夜も来るのかと思うと僕は」

「すいません、ちょっといいですか」

天堂は兼柴の言葉を遮り、眉間を押さえながら続ける。

「確認させてください。えーと、つまりあなたのフィギュアを盗みに来ていたのは」

「はい。幽霊です」

その言葉を聞いた途端、天堂は疲れた老犬みたいな顔で大きく長いため息を吐く。

「まともな依頼がきたと思ったのに……また〝そっちの案件〟か……」

祭鳴町は少し他の町とは違う。

変なのだ。

先日、天堂が巻き込まれた事件——謎の黒衣の集団が夜な夜な怪しい儀式をしているという事実が、そこまで異常な出来事に感じないくらいに。

たとえば。

近年、この町でもっともホットな話題は、港湾区で度々目撃されている巨大未確認生物《サッシー》である。

霧の出る夜、海面から長い首を出す恐竜のようなシルエットが、港で働く作業員たちに幾度も目撃されているのだ。昨年から目撃情報はぱったりと途絶えているのだが——。

ここ数年、夜空をジグザグ飛行する発光体や、空飛ぶマグロ《スカイフィッシュ》といった、未確認飛行体の目撃も増えている。

他にも、翼のある顔の無い化け物を見たとか。

死んだおじいちゃんがコンビニで立ち読みしていたとか。

クリオネの捕食シーンのように頭が変形する化け猫や、人語を解するネズミが出るという怪談めいた噂も語られている。

住人がどれくらい気づいているかはわからないが、この町は普通ではないのだ。

町が普通でないのなら、そこに生まれる問題も普通であろうはずもなく。

ならば当然、その問題を扱う仕事も普通ではない。

天堂探偵事務所に稀に来る依頼の中には、このような「オカルト案件」も少なくない。

調査依頼の失敗が多いのは、彼の不運トラブルに加え、実はこういう要素が含まれているからなのである。実際、逃げたペットを捜してほしいという依頼を受けたら、その猫に食われかけたこともあった。

天堂は、妖怪ハンターでもXファイル課の捜査員でもない。

ハードボイルドは無理でも、せめてまともな探偵業をしたい彼にとって、この町で起こるこういう類《たぐ》いの事件は、極力避けて通りたいのである。

関わったところで、自分のような普通の人間にはできることなど何もないとわかっているからだ。


「鍵もかけていましたし、勝手に出たり入ったりできるはずがないんです。だから相手は人じゃない。でも、こんなことを警察に話しても信じてもらえませんよ。警察だけじゃない。誰に話しても、僕がおかしいってことになります。なるに決まってます」

「いやいや、幽霊とは限りませんよ、兼柴氏」

天堂はこの仕事をオカルト案件にしたくない。

「鍵に関しては前の部屋の住人が持っている場合もあります。本来ならちゃんとオーナーが鍵を換えるものですがね。それと、鍵を持っているオーナーが犯人というケースもあります」

「オーナーって大家さんですか？　大家さんは下の階に住んでいますが、高齢のおじいさんです。フィギュアに興味があるとは思えませんが……」

「このことを他の誰かに相談は？」

レイの質問に兼柴はうつむいてしまう。

「お恥ずかしい話ですけど、僕、ひとづきあいが苦手で、友だちとかいなくて」

「あー、ぜんぜん恥ずかしくないですよ。いいじゃないですか。親には？」

「どっちも亡くなってます。でも生きていたとしても、こんなこと相談なんてできませんよ。親はこんな玩具ばかり集めていた僕を恥ずかしいといっていたんです。子供じゃないんだ、こんなもの集めるのはやめろって」

むぅ、とレイは不服そうな顔をした。

「フィギュアは立派な大人の趣味なのに」

「値段も立派だしな」

「そう言い返したこともありました。これは立派な大人の趣味なんだって。でもそれはそれで、こんな玩具に何十万もかける大人になんてなるんじゃない。そんな何の価値もない人形なんかにお金をかけてないで、少しは貯金でもしなさい。人形じゃなくて生きている友だちを作りなさい。そんなだから恋人の一人もできないんだって。そんな感じの親でしたから、こんな話をしてもきっと、僕の妄想だ、恥ずかしいって言われていたはずです。誰にも信じてもらえない人生って」

不幸ですよね、と兼柴は嘆いた。

「僕だって幽霊の仕業だなんて信じたくない。でも、実際に不思議な力で僕は動けなくされて、その隙に大事なフィギュアを三体も盗まれたんだ。あいつは今夜も来ると思います。助けてくださいよ、天堂さん。僕、こちらのホームページを見ました。『逃げたペットの捜索から幽霊の出る家のお祓いまで、なんでも解決！』って書かれてあるのを見て、もうここしかないと、思い切って依頼したんです」

天堂は腕を組んで唸っている。

「所長、どうしたの？」

「この手の案件は、そう安請け合いはできんのだよ」

「なんで？　この人、すごく困ってるよ」

「わかっている。だが、この手の問題——オカルト案件は我々だけでは手に余るのだ。今まで解決できたためしがない。それでもどうしてもとなると、また闇社会の力を借りなければならなくなる。万年、資金難の我々は極力避けねばならないことだろう？　先日、《情報屋》とも取引したばかりだしな」

と、言いながらも、天堂は断り切れない空気を醸し出している。

あと一押し、二押しすれば、頷いてしまいそうな。

なんだかんだいっても、彼は困っている人を見過ごせない性格なのだ。

それはレイがいちばんわかっている。

だから、もう一押しする。

「所長、数ある探偵事務所や興信所の中から、兼柴さんはうちを選んでくれたんだよ？」

「うっ」

「それにうちみたいな評価が低いどころか評価さえつかない知名度0のところに頼むなんて、それほど困ってるってことだよ。うちが助けてあげられなかったら、兼柴さんはどうすればいいの？　ここで結果を出しておけば次にも繋がるんだし、きっと普通の依頼も来るようになるよ」

「お願いします、天堂さん、どうかこのとおりです」

頭を下げ過ぎてひれ伏す勢いなので、頭をあげてくださいと止めさせた。

「わかりました。やるだけやってみましょう。レイくん、例の説明を」

アイアイサー！

レイは敬礼の手を下ろすと真面目モードの表情になる。

「兼柴さん、この案件は通常とはまったく異なる調査方法となります。サイトにも書かれていますが、当事務所を初めてご利用される方は、調査の完全成功にのみ報酬をお支払いいただくシステムになっています。ですが、今回のような特別な案件は、通常の調査ではなく、『特殊調査案件』となります。基本システムは先ほど説明したものと変わりませんが、ご依頼された調査が成功した際、発生する利用料には『特殊案件料』が加算されます。このような特殊な調査には危険が伴うこともあれば、通常のやり方では調査が難しいものも多いです。専門家の力を借りる、特殊な機器を用いる、となった場合、そこにかかる費用は依頼者様にご負担いただくことになります。ただ、どのような方法を用いて調査するかは現場の状況によって変わるので、今の時点で見積もりを出すことはできません。けっして安価ではないことをお伝えしておきます」

兼柴は少し考えたが、決意したように力強く頷いた。

「それでかまいません。これ以上、ぼくの大切なコレクションを幽霊なんかに盗まれてたまるもんか。たとえ生前が同じアニメ好き、フィギュア好きの幽霊だったとしても、きっとにわかですよ。本当のファンやコレクターなら、どんなに苦労して手に入れたかはわかっているから、こんなひどい真似はできないはずです」

「その幽霊、いや」

この呼び方はよろしくない——天堂は思った。

いるかどうかもわからない、ふわふわしたものを追いかけるのはごめんだ。せめて調査対象の呼称には、怪奇探偵小説のタイトルっぽいコードネームをつけてやろうと。

「『金縛り強盗』とでも呼びましょうか。大事なコレクションを狙われる心当たりはないですか？　たとえば最近、コレクター仲間に亡くなった方がいるとか」

「いえ。そういう仲間もいませんし」

「『金縛り強盗』の顔は見ていませんか？」

「見てないですね。見られなかったというか」

寝る時の姿勢はいつも仰向けだという兼柴は、金縛りに遭った時も仰向けのまま動けなかったという。目も動かすことができなかったので真上しか見られず、天井しか見えていなかったのだと。

それでも、目の端で何者か通ったことはわかったし、男だったという気配もあったし、フィギュアをじっと見ているという行動も不思議とわかったのだという。

そして、金縛りが解けてから確認するとフィギュアが一体なくなっていたのだと。

※

事前調査をすべく、天堂とレイは依頼人のアパートに向かった。

家賃四万の六畳一間にフリーターの独り暮らし。その慎ましやかな生活空間の一角には少々場違いなガラス張りのコレクションケースがあり、そこにアニメフィギュアが何十体と陳列されている。ほとんどが美少女フィギュアで、盗まれたちん太郎なるフィギュアがどんなキャラクターなのか天堂はとても気になった。

見ると、部屋の四隅に盛り塩がされており、依頼人なりに対処しようとしていたことがわかる。

「『金縛り強盗』が現れるのは夜十一時ちょうど。同時に依頼人は金縛りに遭って動けなくなる。強盗は玄関側から現れ、依頼人の寝ている布団の真横を通ってまっすぐコレクションケースに移動、五分ほど経って、玄関方面へと戻っていく。金縛りが解けてから確認すると、フィギュアが一体消えていることがわかる――どう思う、レイくん」

レイは部屋の中を歩きまわって、壁や天井、コレクションケースなどを水晶玉に映して見ている。

「どうって、犯人が幽霊かどうかってこと？」

「まあ、まずそこからだな」

「うーん。一応この部屋で過去に亡くなった人がいないかを視てみたんけど、なんにも視えなかったなー。どちらかというと、ぼくの力は過去よりも未来を視るほうのものだから、絶対に誰も死んでないとは言い切れないんだけど、死んでいたとしても今回の件とは無関係だと思うよ。それより気になるのは、ここ数日以内で、この部屋に干渉した超常的なものがあったかどうか、その痕跡や残滓を探していたんだけど――これがあったんだよね。漠然とした痕跡だけれど、なんらかの超常的なものの干渉は間違いなくあったみたいなんだ」

「ほお。大収穫ではないか。それは『金縛り強盗』なのか？」

「それがねー、幽霊って感じがあまりないんだよね。変な感じ。なんなんだろ」

ガラスケースに並ぶ美少女フィギュア。

高額だと聞いたが、天堂にはやはりわからない。

「幽霊がフィギュアなんか盗んで、どうするんだろうな。売って金にするなんてことでもないだろ」

「さあ。そりゃ、愛でるんじゃない？」

「そもそも幽霊は実体がないものではないのか？　物を持てるのか？」

「ポルターガイストみたいなものなら可能じゃないかな」

「ポル……なんだそれは。どこかで聞いたことがあるな」

「映画でじゃない？　そのままのタイトルの作品があるから。ポルターガイストは『騒がしい幽霊』って意味のドイツ語で、誰も触れていないのに扉が勝手に開け閉めされたり、椅子やテーブルが動いたり、物があちこち飛び交ったりする典型的な心霊現象の一種なんだよ。まあ、幽霊が念動力みたいな力を使って触れずに動かしているのか、動かしている幽霊の姿が見えてないだけなのかはわからないけど。霊じゃないって説もあるしね」

「某少年が好みそうな話だな。わたしには難しい話だ。やはりオカルト案件は苦手だよ。さて、これ以上の収穫は望めなさそうだ。レイくん、他に見ておきたい場所や占っておきたい場所はないか？」

「そうだなあ」

部屋の中を見渡すレイの目は、調査の邪魔にならぬようにと部屋の隅の壁際に立っている兼柴にとまる。

「ちょっと失礼。手相を見せてもらえます？」

「え？　あ、はい……」

きょとんとしながら、左手を差し出す。

レイは無言で一分、二分と彼の掌をただじっと見ている。

「あの、これは何を」

「しっ。運命線に島ができてる。線の下の方と知能線にかかってるのが二つ」

「しま？　しまってなんですか？」

「ほら、この線のとこ。目の形になっている部分がいくつかあるでしょ」

「ああ、ありますね」

「これを島っていって、線の運勢を弱めてしまう、よくない相なんです。たとえば、生命線に島が出ていれば、それは命にかかわるかもしれない病気やケガをするってこと。兼柴さんみたいに運命線に島ができてるのは、運にケチがついてしまってるんで、不運といえるような、あまりよくないことがこれから起きるってことです。同じ線上でも位置によって意味もだいぶ変わってくるんですけどね」

「なるほど。あの、これって」

兼柴は不安そうな目を天堂に向けてくる。

これって今回の件と関係あるんですか。そんな目だ。

「ありゃ、兼柴さん、けっこう苦労の多い人生だったみたいですね。まだ若いのに」

「――僕は昔から運が悪いというか、ツイてないというか、なにをしても、いつもよくない結果ばかりになるんです。それで人に迷惑をかけちゃうことも多くて――」

「ははー。だから人との関係を作れなくなったと。そっかー。ここにも不運に泣かされている人がいたかー。ま、所長とはレベチだけど」

おや、とレイは兼柴の手をとり、鼻がつくほど顔を近寄せる。

「え？　え？　なにかまずい手相が出てますか？」

「――いや、逆です」

「逆？」

「最近、友だちできました？」

「いえ？　さっきも言いましたけど、僕は友だちは――」

「いないんですもんね？　でもおかしいな。そういう相が出ているんだけど」

「ああ、じゃ、あれかな。この前、ずっと欲しかったフィギュアを買ったんです。フィギュアは僕にとっての友だちみたいな存在ですからね」

「あー、なるほど。じゃあそれかな」

うんうんと頷いてはいるが、レイは微妙に納得していない顔だ。

「手相って、いろんなことがわかるんですね。すごいな」

「でしょ。手相に限らず、相っていうのは、将来の吉凶がおもてに現れたもので、人、動植物、物、建造物、なんにでもあるんですよ」

相は樹木の年輪みたいに、生まれてから今に至るまで、この世に存在していた証が刻まれている。それだけじゃなくて、今現在のことや、今より先の未来に起こることまでも、相の中に現れている。

相は指紋のように人それぞれ違い、明らかに何かを伝えようと暗示的な形で強く訴えてくる相もある。そういう相が出ている人や物や場所には、かなりの確率で近い未来、よくないことが起こる。

占いは、相を見ることで、何を伝えているのかを知り、未来に降りかからんとする災難から、人を少しでも遠ざけることができる。

「なるほど。不運を占いで退けるか——勉強になります」

兼柴の手相を見終えたレイは、座布団を借り、そのうえに水晶玉をのせて両手をかざす。

一分ほど水晶玉の中を見ていたレイは、くいっと首を傾げる。

「——ん？　なにこれ」

「どうした、レイくん。なにか視えたか？」

「一瞬、ワシが視えた」

「ワシ？　それは先刻、わたしの後頭部に刺さったヤツか？」

「だと思う。けど、なんで今？　もう終わった災いなのに」

「おいおい。まさか、また突っこんでくるんじゃないだろうな」

そういって天堂は周囲に警戒の目を巡らせる。

「いや、今は所長のことを占ったわけじゃないから。この部屋や兼柴さんのことを視てたんだよ。なんでワシなのかな。あ、ついでに所長も占ったんだけど、山の相が出てるよ」

「山の相なんて、はじめて聞くな」

「山の災難っていったら遭難だよね。山に気をつけてね」

「山になんていく予定ないぞ。そんなザックリじゃなく、もっとちゃんと教えてくれ」

「山としか出てこないんだよ。さっきのオオワシが戻ってきて所長が攫われるのかも」

「わたしが山に置き去りにされて遭難するっていうオチか。うむむ、昔話みたいな話だが、この町ならありえるんだよな……警戒しておこう」

こうして、現場の事前調査はひと通り終えた。

「さて、次は今後の予定だ。兼柴氏、今夜、我々は《金縛り強盗》を待って張り込むことにします。今から張り込み場所の選定をしたいので、部屋の全体を改めて見させていただいてもよろしいか？」

「ええ、どうぞ。家の中で張り込むんですか？」

「張り込みには外で張り込む『外張り』と、屋内で張り込む『内張り』があります。まず、《金縛り強盗》の正体を幽霊だと仮定するなら、屋内での張り込みしか意味はないでしょう。幽霊が姿を現すのは、おそらくこの家の中だけ。わざわざ外からすたすたと歩いてやって来るとは思えませんからね。ただ問題は

――」

六畳一間、トイレあり、風呂なし、収納あり。

この間取りで身を隠せる場所は限られてくる。

そうなると、収納の押し入れかトイレになるが。

「犯行現場の目と鼻の先である押し入れの中に身を隠すことにします。《金縛り強盗》を目視で捕捉できる距離での張り込みが望ましいですからね」

「天堂さん、僕の大切なフィギュアは取り返せるでしょうか」

「少し厳しい話をしますが」

天堂は咳払いをし、これから大切な話をするという空気を作る。

「われわれ探偵の仕事の九割は調査です。確実となる証拠の収集のため、まず調査対象の素性調査をします。音声、動画、画像、様々な利用履歴といったデータをできる限り集めます。尾行では調査対象者の動線、関係先、帰還する場所を押さえます。これが、探偵の仕事のすべてともいえます。ですから根本的な解決とはなりません。例えば、不倫問題なら弁護士を間に入れるなりして、夫婦間の話し合いで解決してもらいます。犯罪なら、犯人を捕まえるのは警察の仕事です。我々の言いたいことがわかりますか。我々は、調査以上のことをできる権限を持っていません。ましてや、今回の調査対象が幽霊なのだとしたら——盗難品を取り返すのは容易なことではないでしょう。我々探偵ができるのは、先も言いましたように、調査対象の情報を得ること。そしてその情報を使って、これ以上の被害が出ないようにすることです」

※

闇と黴《かび》臭さを閉じ込めた押し入れの中、天堂とレイは息を殺しながら、わずかに開けた隙間から部屋の様子をうかがっていた。

コレクションケースの中、座布団の下、押し入れの中など、音声と画像の記録装置を数カ所にセッティングしてある。

部屋は消灯されているが、窓のカーテン越しにわずかに入る外の明かりで、室内はほの暗い。天堂たちの隠れる押し入れの前には、兼柴の寝ている布団がある。

十一時になった。

玄関のほうからガチリと開錠する音がした。

ゆっくりと扉を開く音がする。

（入って来たぞ）

（わざわざ鍵を開けて、扉を開けて入ってきたね）

（幽霊ならば壁をすり抜けてきそうなものなのにな）

（なんだか、あやしくなってきたよ〜）

音にならない声で二人は言葉を交わす。

（所長、もう少し開けてくんない？　こっちからじゃなんにも見えないよ）

（これが限界だ。ここでわたしたちが見つかっては意味がない）

（ちぇー、美少女フィギュア好きの幽霊、見たかったのに）

（設置したカメラが今ごろ、しっかりと撮ってくれている。相手の正体がなんにせよ、盗んだという決定的証拠がなければだめだからな）

（それにしても、なかなか前を通らないね）

確かになかなか部屋に入ってこない。押し入れの前を通った瞬間、対象をしっかり視認するつもりだったが。

玄関から押し入れまで五メートル弱。とっくに通ってもいいはずだ。

（妙だな。まさか感づかれたか）

相手が超常的な存在ならば、押し入れの中にいる自分たちのことなどお見通しかもしれない。これがホラー映画なら幽霊はすでに押し入れの中にいて――という展開になるが、そういう気配もない。

もう少しだけ開けて部屋の様子をうかがおうと襖に手をかけた時。

押し入れの前を何かが横切った。

人ではない。人の形をした何かでもない。

一メートルほどの高さを宙に浮く何かが、コレクションケースの方から玄関のほうに向かって素早く移動していったのだ。

ほどなくしてドアの閉まる音と鍵をかける音が聞こえてきた。

二人が押し入れから出ると、金縛りから解かれたばかりの兼柴が起き上がってきた。

「やっぱり、《金縛り強盗》は今夜も来たんだ……」

兼柴は思いだしたようにガラスに張り付いてコレクションケースの中を確認する。

「ああああっ、ない、ないっ！　『悪霊退散エクソシス子』の《パズ美《み》》クリアカラーバージョンがっ！」

「所長がケチってもっと開けてくれなかったから、ぼくなんにも見えなかったよ」

頭を抱えて慟哭する兼柴を横目に、レイは悔しそうに言った。

「所長は？　何か見た？」

「ああ、見たよ。ほんの一瞬だったがね」

天堂は見た。

五百ミリペットボトルほどの大きさの物体が宙を浮き、玄関の方に向かって移動する光景を。

その物体はおそらく、《パズ美》クリアカラーバージョンだ。

※

「うーむ、全滅か」

仕掛けておいた録音・録画機器はすべて、何も録れていなかった。

機械が壊れたわけではない。〝なにか〟が部屋に入ってきた時間のところだけ、映像や音声にノイズと砂嵐が入り、その前後の時間は正常に録れていたのだ。意図的な妨害があったということだ。

「いやー、すっかり騙されたよね。鍵を開けて、ドアを開く音が聞こえてきた時点で、『あっ、これ人間が犯人でしたのパターンじゃん』って確信してたのに。そこからは、どうやって犯人をとっちめてやろうかって考えてたのにさあ。所長がそんなもの見ちゃったら、これ、本物ってことだよね」

本物。つまり、幽霊。

「まったく忌々しい。神はよっぽど、わたしにまともな探偵をやらせてくれる気はないらしい。しかしこうなると、次のプランになるな——兼柴氏」

膝を抱えて消沈していた兼柴が顔をあげる。

「ふぁい……？」

「今回も被害に遭われてしまったことは大変残念です。我々も何一つ成果をあげられず、まったくもって不甲斐ない結果となってしまった。まことに申し訳ない。ですが、これで終わらすつもりはありません」

「——どうするんですか？」

「盗まれたものは返ってきません。ですがこれ以上、あなたのコレクションへの被害を増やさないようにはできるかもしれません」

「というと？」

「《金縛り強盗》の訪問を完全にお断りするんです」

※

祭鳴町の居住区には有名なゴミ屋敷がある。

広い庭のある立派な邸宅だった面影はあるのだが、いつからその家があったのか、いつからゴミ屋敷になったのか、誰も知らない。

住民の誰もが、こう答える。気がつくとそこはもうゴミ屋敷だったと。

そこには兄妹が住んでいる。

年齢はおそらく、二人とも三十前後。噂ではどちらも引きこもりで、両親が早逝したあと遺産を食い潰しながらニート生活を続けているというのだが、親には大きな借金があって貯金など遺しているわけがないとの噂もある。

天堂とレイは、そんな兄妹に会いに来ていた。


「ぶふふっ、ぶふふっ、レイちゃんにサイガっち、久しぶりだにぃ」

「うふふふふふふっ、お二人とも、いかがおすごしでしたかぁ？」

大きな尻をソファに沈め、でっぷりとした腹を膝に乗せてポテチを頬張っている分厚い眼鏡をかけた長髪の男が、兄のサスガ。

その隣でシュークリームをほおばっている、兄と同じ体形をしている同じ眼鏡をかけたおさげ髪の彼女が、妹のダヨネ。

同じデザインの色違いのスウェットを着た二人は、同じタイミングでポテチとシュークリームをそれぞれ口に運ぶ。

「ほんと久しぶりだね、前に会った時より二人ともちょっと大きくなった？」

「ぶふふっ、やめてよぉ、レイちゃん。照れるじゃにゃいかぁ」

「だいぶ、物も増えたな」

天堂が部屋を見渡す。右手には紐で括られた古新聞と古雑誌の山脈。左手には某大手ネット通販の空箱の山。床にはチラシやレシートなどの紙ゴミが何層にも堆積しており、天井が低く感じるのはそのためだった。

「レイさま、サイガさま、本日はどのような御用ですの？　あ、よろしければ、おひとつどうぞ」

ダヨネはシュークリームを二つのせた皿を二人にさしだす。

「いや、結構だ。我々は先ほどたらふく食べてきたばかりなのでね。お心遣い感謝する」

「あら、そうでしたの。じゃあ」

あんぐりと開かれた洞穴のような口に、二つのシュークリームが放り込まれる。

「ここに来たのは取引のためだ。阿久津《あくつ》兄妹――いや、《ペラ屋》」

サスガとダヨネは咀嚼を同時に止め、眼鏡を少し下げる。

刃物で切ったような薄い目が四つ現れる。

「なんだ、仕事かにょ」

《ペラ屋》――阿久津兄妹。

手紙、遺言書、パスポート、運転免許証、資格証明証、有価証券、戸籍謄本、紙幣――平たい物ならなんでも偽造する、祭鳴町の闇社会の住人。

二人の作る偽造物は実物と何一つ変わらず、その精度は本物をも上まわる。兄妹の偽造を暴ける検査法、技術、機関は、まだこの世に存在しない。

完全複製だけでなく、「存在するはずのない本物」をも作ることができ、二人がその気になれば世界中のあらゆるものの価値も罪も法律も、すべて覆すことが可能といわれている。

「それで、なにを拵《こしら》えたらいいにょ」

「退屈なのはご勘弁でしてよ、サイガさま」

指に着いたクリームと塩を激しく嘗めまわす二人の手はグローブのようだ。そこに生える短く太い五本は、世界でもっとも精細な仕事をこなす神の指である。

「作ってもらいたいのは、霊によく効くお札を十二枚」

「――ぶふ、ぶふふ。おふだ？」

「――うふ、うふふ。なにそれ」

ぶふふ、ぶふふ。うふふ、うふふ。

阿久津兄妹が巨体を震わせて笑う。

「おもしろそうだにょ。たまってる他の仕事そっちのけでやってやるにょ」

「いいんですの？　おにいさま。某国の国立公文所からの依頼もあったでしょ」

「いいにょ、いいにょ、サスガとサイガ、一文字違いの仲にょ」

「わかりましたわ。幽霊の顔色がもーっと青くなるような、強力なお札を作ってさしあげますことよ」

「助かるよ、阿久津兄妹。それで、もうひとつ相談なんだが」

レイは叱られた子どものように肩をすくめる。

闇社会の人間たちは金の話になると、それまで見せていた親しみや笑顔や優しさの殻をパリパリと剥落させ、闇の部分を垣間見せる。あの瞬間が怖かった。

だが、阿久津兄妹の表情に変化は起きていない。

「わかってる、わかってる、成功払いだにょ？　いいにょ、いいにょ、なあ、ダヨネ」

「もちろんいいですわよ、わたしたちとサイガさまたちの仲ですもの、ねぇ、サスガ」

「すまない、恩に着るよ」と笑顔で頭を下げたタイミングで、天堂たちと阿久津兄妹のあいだを一匹のネズミが走り抜けようとした。

日が翳ったのだなとレイは思った。だが、違った。振り上げられた兄妹のグローブのような手が、部屋の照明を隠していたのだ。兄妹の二枚の手は互いにぶつかり合いながら、先に兄の手がネズミを叩き潰し、その兄の手の上から妹の手が加重した。チューと鳴く間もなかった。

この衝撃で部屋中のゴミ山が一斉にぐらぐらと揺れだし、その山の一つが地響きを起こしながら倒壊、ゴミ雪崩が生じ、天堂をあっという間に呑み込んだ。


一時間以上かけて、レイはゴミ山の中から天堂を救出した。

ボロ雑巾のようになった天堂の顔色は鮮やかなスカイブルーになっていた。

「所長？　あれ、これ生きてるのかな？　もしもーし！」

「い……きてるけど……しにそう……かも……げほっ」

「よかったー！　どんなに掘り起こしてもぜんぜん見つからないから、てっきり所長、ゴミと同化したのかと思っちゃったよ、あははは——え？　死にそう？　救急車よぶ？」

天堂がすぐに見つからなかったのは、ゴミ山倒壊の衝撃により、ゴミに埋もれて見えなかった老朽した床板が崩落、大きくあいた穴に最下層の大量のゴミごと流れ落ちたからだった。床下の穴の底は筆舌に尽くしがたい状況で、一緒に雪崩落ちた最下層のゴミは発酵してメタンガスを発生させ、最下層の環境に順応した見たことのない怪虫がコロニーを作っていたそうだ。天堂は自分が死んで黄泉の国へ来たのだと本気で思ったらしい。

「ぼくの占いで出た〝山〟の暗示は、ゴミの山だったんだね」

ようやく顔色がもとの土気色に戻ってきた天堂は、「阿久津兄妹は？」と訊く。

「奥の部屋で、注文したものを作ってくれてる。一時間半ほど待つにょって」

天堂がゴミに埋れているあいだに一時間以上は経っているので、そろそろだという。

「それにしても意外だなー」

「なにがだね」

「ダヨネがシュークリームくれるっていったのに、所長が受け取らなかったことだよ。あれ、有名百貨店で予約しないと買えない高級スイーツなんだよ？　雑草ばっか食べてる万年ひもじい所長が、あの申し出を断るなんて頭どうかしちゃったのかなって思ったよ。あれかな、また所長のクソプライドが悪い感じで出ちゃったのかな」

「あの対応で正解なんだ」

パナマ帽をひっくり返して中に入りこんだゴミを捨てながら、こう続ける。

「いいかね。あの兄妹と今後も付き合っていくのなら、食べ物の扱いにだけは細心の注意を払うんだ。『くれる』といっても、それは社交辞令みたいなもので本心は絶対にあげたくないんだ。あそこでシュークリームを受け取ってみろ。自分の食い分が一個でも減ると彼らは気分を大きく損ねる。今回の支払いは倍額になっていただろう。料金は彼らの言い値だ。すんなりと後払いを受け入れてくれたのも、確実に回収できるとわかっているからだ。人の人生は紙切れ一枚で簡単に変えられる。わたしに身に覚えのない署名入り臓器売買契約書など、彼らならカップラーメンを作るくらいの感覚で作れてしまうんだ」

「闇社会の人間、こわっ」

「有能な探偵は、情報を得るために、むやみやたらには走りまわったりはしない。町のあちこちに、独自の〝目〟や〝耳〟を持ち、各専門の情報網を掌握する人間と通じている。わたしの場合、それがなぜか、ああいう闇社会の人間たちになってしまったが、本当は極力、繋がりたくはないのだ」

「祭鳴町には、ああいう人たちは、あとどれぐらいいるの？」

「わたしも把握はしていない。レイくんが他に会ったことがあるのは、《観察者》と《ダイバー》くらいか」

「《ダイバー》は、一度しか会ったことがないな」

どんな人物にでも化けることのできる変装の達人――《ダイバー》。

どこにでも自然に溶け込んでしまう潜入調査のプロフェッショナルで、まだ誰も《ダイバー》の素顔を見た者はおらず、その生の声も聞いた者はない。もはや変装の域ではなく変身《メタモルフォーゼ》であり、その正体は人間ではないとの噂もある――。

――ぶふふふふふふっ、ぶふふふふふっ！

――うふふふふふっ、うふふふふふっ！

奥の部屋から阿久津兄妹が独特な笑い声とともに出てきた。

「でぇーきましたわよぉー」

「これまで拵えたペラもののなかでも最高傑作だにょ！」

阿久津兄妹はレイに完成したばかりの十二枚の札を渡す。

「ぶふふふっ、民俗博物館に展示されてた、裏高野で六十年修行した高僧の書いた札、その完全複製版だにょ。数代に渡って武家を呪った悪霊や、信仰を失って零落し、祟り神となった土地神も、この札一枚ですべての力を奪われたという代物だにょ。その高僧は十二枚の札を書いたが、残存しているのは展示された一枚だけにゃとか」

「なので、博物館の図録にあった写真を見て、十二枚を再現しましてよ！」

六十年間の厳しい修行に耐えた者だからこそ生み出しえた凄まじい除霊力を持つお札。それを三十数年のニート生活者たちが一時間半で同じものを作ったのだという。

その完成品を手にしたレイの腕には鳥肌がたっていた。

「すごいよ、これ。ラストダンジョンで入手するレベルのヤバいアイテムだよ。ぼくにはわかる。これさえあれば、どんな大怨霊だってチワワみたいになるよ！」

※

その夜。再び天堂たちは兼柴レイジのアパートで張り込んだ。

前回とセッティングは同じ。各所に撮影・録音機器。依頼人は布団で金縛り待ち。

前回と違うのは、玄関、壁、コレクションケースなどに例の札を貼っていることだ。

「あの札、ほんとヤバいね！　あれを使って心スポで心霊無双したいな！」

《金縛り強盗》もこれに懲りて二度とこなくなるな」

「一瞬で塵になると思うよ」

「それは少し可哀そうな気が——十一時だ。静粛に」

天堂とレイは押し入れの中から様子をうかがう。

すると定刻通りに玄関から開錠音がし、扉の開く音がする。

何かが入ってくる様子はない。だが、コレクションケースの方から何やら音がする。

（おい、普通に入ってきたんじゃないか？）

（なんで？　ドアにもガッチリ二枚も貼ったのに。こんなのオカシイ！）

何を思ったか、レイは勢いよく襖をあけた。

「おいっ、なにをしている！」

押し入れからレイが飛び出すと、宙を浮いていた美少女フィギュアがポトリと落ちた。

「うわあっ、えっ、レイさん⁉」

ガバリと兼柴が起き上がる。

レイは開いたままの玄関ドアを見て、落ちているフィギュアに視線を落とす。

「レイくん、いったいどうしたというんだね」

天堂が心配の声をかけるとレイは生返事を返しつつ、濃紫色《こむらさきいろ》の天鵞絨《ビロード》のクロスを敷き、そこにタロットカードを配置していく。

「タロットは、カードの中に答えがあるわけじゃない。カードに描かれたシンボルから、占う対象のなかにあるものを見つけ出していくんだ。そのためにはカードの絵柄を、その状況と重ねて解釈する力が要される。――うん。出たよ」

レイは立ち上がって、天堂と兼柴に向けてこう言った。

「《金縛り強盗》の正体は幽霊じゃないよ」

「どういうことだね」

「まずはアパートの周辺を探そうよ。盗まれたフィギュアが見つかるはずだから。ぼくを信じて！」


レイの言った通りだった。

アパートの裏にある室外機と壁の隙間に、ここ数日で盗まれたフィギュアがすべてあった。

「フィギュアを盗んでここに隠した犯人――それは兼柴さん、あなたです」

「は？　あの……話がまったく読めないんですが……」

兼柴は困惑の色を隠せない。

「所長、ポルターガイストの話をしたよね」

「ん、ああ、霊がものを動かすってやつだな」

「うん。でもね、一説では、ポルターガイスト現象は霊によるものではないとされているんだ。この現象が起きる時、その家に思春期の子どもがいるケースが多いっていう記録があるんだよ。その時期の子どもの抑圧されたエネルギーが、ある種の力を発動させ、それがポルターガイスト現象を引き起こしているっていう説なんだけどね」

「ある種の力？」

「念動力——サイコキネシスだよ」

この力で有名な人物がいる。ニーナ・クラギーナという旧ソ連の超能力者だ。

彼女は精神的に病んでしまった時期に、直接触れずに物を動かせる力を得た。

「でも、トリックだと疑われることもあったんだ。それは、この力は本人からあまり離れすぎると発動しないからで、糸を使ったトリックなんじゃないかって疑われたんだよ」

「昔のテレビで超能力者がスタジオから念を送って、全国の子どもたちがスプーンを曲げられた、みたいな話もあったが」

「ほとんど、トリックと思い込みだったけどね。まあ中には本物もいたと思うけど、それは曲げた本人の力で、テレビ画面越しに超能力者が遠隔で力を送ったわけじゃない——ぼくは、もしこの事件がサイコキネシスによる物体移動によるものなら、フィギュアは発動者から、そこまで離れたところにはないと思ったんだ」

天堂は兼柴を見て——うむ、と唸る。

「兼柴氏が思春期ってことはさすがにないと思うが……」

「だね。でも、すごい負のエネルギーを抱えているよ。手相にも不運な相が出ていたけど、さっきタロットと水晶玉で、この人の相を見てみたんだ。兼柴さんはね、自分にすっごく精神的負荷をかけてしまいやすい体質だった。両親から言われた傷つく言葉とか、何もかもがうまくいかない日々へのフラストレーションとか、そういうものが力の根源にあったんだと思う。フィギュアを隠していたのも、フィギュアに依存している自分、人づきあいがうまくいかない現実、そのへんのことが色々絡み合っての結果のような気もするね」

無事に見つかったフィギュアたちを胸に抱える兼柴。その表情は複雑だ。

無理もない。すべては自分に原因があったと急にいわれても。

どう受けとめていいのかわからない。

「じゃあ、金縛りは幽霊の仕業なんかじゃないってことですか？」

「ぼくは専門家じゃないからわからないけど、兼柴さんが無意識に力を使っている時、本体の活動のほうが制御をかけられてしまうんじゃないかな。その状態が金縛りってことなのかも。そういえば兼柴さんって、かなりの緊張しいじゃない？」

「……そうです。それで色々失敗してますし……」

「昨日、うちの事務所に来た時も、すっごい緊張していたよね。あの時、所長が頭に怪我をしてたの、気になりませんでした？」

「ああ、転んだって――」

「あれ、本当は兼柴さんが来る直前、窓をぶち破ってワシが事務所に飛び込んできて、所長の頭にぶっ刺さったんですよ。しかも、日本最大のワシ」

兼柴の視線に気づき、天堂は親指を立ててニカッと笑った。

「しかも、その落ちてきたワシ、なぜか凍りついたみたいに体が硬直していたんです。まあ、すぐ元気に飛んで行ったけど——それこそ、金縛りから解けたみたいにね。今おもえば、あれも兼柴さんの無意識のサイコキネシスによって引き起こされた現象なのかもしれないって思ってます。緊張も自分にかける負荷《ストレス》だからね」

兼柴はレイに深々と頭を下げた。

「すみません、今回は本当にお騒がせしました。まさか幽霊の正体が自分だとは……お恥ずかしいです。でもフィギュアたちが見つかって良かったです。僕にとってみんな大切な友だちですから」

「あっ、そのことなんですけど」

レイは兼柴の顔をのぞき込む。

「やっぱり、兼柴さん、友だちがいると思いますよ。友だちじゃなければ、志を共有できる人間と出会っているはず。二人、ううん、もっといるかな。きっと、自分が気づいていないだけで、意外と近くに理解者はけっこういるんじゃないかな」

拍手の音——

天堂だった。

「すっかりお株を奪われてしまったな」

「えへへ～」

「どうして、この事件の犯人が幽霊ではないと確信したんだ？」

それは簡単だよ、とレイは言ってのけた。

「だって、ありえないと思ったんだ。もし本物の幽霊なら、あんなすごいお札をスルーなんてできるはずないって」

「《ペラ屋》に伝えとくよ。幽霊には使わなかったけど、うちの助手には効果てきめんだったってね。ところで、この依頼の落としどころはどうなるんだ？　結局、《金縛り強盗》なんて存在しなかったわけだが——報酬は頂けるのか？　頂けるよな？　頂けないとまずいぞ。あの……頂けますよね？」

その後、依頼人と話し合って、一週間ほど様子を見て《金縛り強盗》が本当にもう現れないと確認出来たら報酬が支払われることになった。

事務所に戻ると《ペラ屋》からの請求書類が届いていた。そのゼロの数を見た天堂は、報酬が無事支払われることを心から願うのであった。

Episode4　Ｔを探せ！

次の仏滅まで、あと三日。

天堂たちは今日も黒衣の者たちの集まりそうな地下室を探していた。

主に商業区を中心に、地図や電話帳で店名・施設名と住所を確認。現地に赴き地下限定で、現在営業をしていない店・施設を確認。黒衣の者たちは一度使った場所は集合場所にしていないという情報があるため、《情報屋》提供リストにある場所以外を天堂側でリスト化。

大変に地味で時間のかかる作業であった。

「ふぅー、休憩だ」

天堂は椅子の背もたれに身をあずけた。

「地図を見過ぎて目が疲れるわ、腰は痛いわ――歳かなぁ」

レイは朝からずっと、黒衣たちの暗示を探している。占いは彼女にしかできない探偵業務。日頃から少しでも調査依頼を増やすため、トラブルを抱えていそうな人や場所があれば、なんとか仕事にできないかと道筋を立ててくれている。

占い界のオールラウンドプレイヤーである彼女は、水晶玉、タロット、方位吉凶を視る遁甲盤《とんこうばん》、霊的助言を得る西洋版コックリさんのプランシェットとウィジャ盤といった物をテーブルいっぱいに広げ、古今東西の占いすべてを組み込んだレイ・オリジナルの複合的占術で様々な暗示を拾い、時には街に出て、鳥の群れ、雲の流れやその他の自然現象から前兆を見つけ出していく。

「なあ、レイくん。ずっと気になっているんだが。黒衣のやつらはわたしを《災いの申し子》というものと勘違いしていた」

「だったね。ある意味、まちがってはいないけど」

「わたしは自分のミスによって偶然、彼らに見つかり捕らえられた。にもかかわらず、彼らは如何にも『お前が来るのを待っていた』という反応だった。だが、彼らの捜している《申し子》とやらのプロフィールというのがめちゃくちゃでな。彼らは無理にわたしをその《申し子》に仕立て上げようとしていたようなんだが、大事な儀式の生贄が、そんないい加減なことでいいものなのだろうかね？」

「さあ。彼らの教義の都合ってのが何かあるんじゃない？　そんなことより所長」

「なんだね」

「言い忘れてたけど、今日は死相が出てる」

レイは水晶玉を覗き込みながらサラリと言った。

「――そうか。今さら驚かないよ。これまでも何度か出ていたしな」

「うん。初めて会った時から、ちょくちょくね。ま、そのたびにぼくが占いで死を回避させてたけど。ていうか所長の場合、死相よりも他の災いの相のほうが勝っちゃって、ひどい怪我はするけど死相は気がついたら消えてた、なんてこともよくあるんだよね。きっと誰が所長を不幸にするかで、災い同士がバッチバチにヤリ合ってるんじゃないかな」

「死相が最強の凶相ってことでもないんだな。まあ、世の中には死よりも不幸なことなんてたくさんあるしな」

「だけどさ、今出ている死相は、いつもよりチョイ強めに出ていて、たとえるなら、『ライバルに完膚なきまで敗北した主人公が、人々の前から姿を消してその半年後、顔に大きな向こう傷を作って帰ってきた』みたいな感じの強さ」

「死相のくせに、どこかで死ぬほど努力してきたみたいな感じだな」

「ぼくが占いで死だけは回避させるけど、所長もくれぐれも気をつけて行動してね」

わかったよ、と天堂が返したタイミングで――。

事務所のドアがノックなしで勢いよく開かれた。

「こんにちはー！」

「こんにちはー！」

飛び込んできたのは小学生の女の子と男の子。ランドセルを背負った男の子は本やファイルの収まるスチール棚の前へ、革製バックパックを背負った女の子は天堂へとまっすぐに向かう。

「て、ん、どおー！　アタシがいなくてさびしかったー⁉」

勢いよく天堂に飛びついた女の子は猫のように頭をぐりぐりこすり寄せてくる。

「おいサナギくん、今は休憩中なんだ、勘弁してくれたまえ」

「やだっ。これしないとアタシの一日がはじまらないの！」

「もう四時近いのに一日の始まり遅くないか？　アダダッ、そこは今朝ボウリング玉が直撃してアバラ一本イってるんだ、あまり押さないでくれ！」

レイがクスクス笑っている。

「所長。サナギのそれ、マーキングっていって猫が自分の匂いつけて縄張りアピールするための行動なんだって知ってた？」

「キィィッ！　なによっ、アタシをケモノ扱いしないでよ！」

キッとレイを睨む彼女の名は、蝶乃《ちょうの》サナギ。探偵を意識した（？）丈の短いインバネスっぽいファッションと前髪パッツンロングの似合う六年生で、ある〝事件〟をきっかけに四年生の頃から当事務所に入り浸っている。

「サナギくん、いつもいっているが、ここは君たち子どもの遊び場ではないんだ。こう毎日、来られては困るよ」

「つれないこといわないでよ、学校から全力で走ってきたんだから」

「その全力は友だちと遊ぶとか勉強するとかに使いなさい。ここは仕事をする場だ」

「仕事だって手伝ってるでしょ、天堂の助手として！」

助手のところを強調し、レイに向かってベーッと舌を出す。

あはは、とレイは肩をすくめる。

「サナギくん、確かに君は手伝ってくれている。大変ありがたいし、君はとても有能だ。だが、君に助手として正式に働いてもらうとすれば少なくとも十年後だ。小学生の君は、こんなところに通わず、もっとやるべきことがたくさんあるはずだ。友だちと遊んだり、家で宿題をやったり、親の手伝いをしたり――

おい、君にもいってるんだぞ、尾田《おだ》少年」

事務所に入るなり分厚い『オカルト事典』を読み始めた男の子に言葉を向ける。

鬼のような角つきのフードをかぶり、赤い怪人の仮面をつけた彼は、尾田国麿《おだくにまろ》。生粋のオカルトオタクな六年生。事務所のスチール棚の中段に並ぶ、「心霊」「UMA」「超能力」「未確認飛行物体」などの語をタイトルに冠するオカルト系書籍はすべて、彼の所有物である。

「ジブンのことはおかまいなく。今、気になる未確認生物について調べてるんで」

「ああそうか、君は本当に研究熱心で、そこは感心するよ。だがな、少年。ここは探偵事務所であって、学校の図書室ではない。調べごとなら然るべき場所でやってくれたまえ」

「そうだよ、いつも二人で仲良く来るんだから、たまには二人で図書館にでも行ったら？」

「ちょっとアンタ！」

レイの提案にサナギが即座に噛みつく。

「なんでアタシがオタクンと図書館なんていかなきゃいけないわけ⁉　来た時間がたまたま同じってだけで別に一緒に来てるわけじゃないんだから！　こんな、いっつも気持ち悪いお面つけてる人と一緒になんて歩いてたら、アタシまで変人に見られるじゃない！　それにオタクンったら、ひとつの質問に早口で何百倍にも返してくるし、意味不明な専門用語ばっかで会話もまともにできないし――」

いろいろ言われている本人は、まったくの無反応。読書に夢中で耳に入ってこないのだ。

「尾田少年、サナギくんのいうことにも一理ある。その奇怪なお面、そろそろはずしてはどうだ。今わたしは、君のそのお面の下の顔を一度も見たことがないという事実に気づき、ちょっとばかり戦慄しているよ」

これには尾田少年は反応。

「『オーメン』？　ああ一九七六年にアメリカで公開されたホラー映画だね。タイトルは前兆の意味で六月六日の午前六時に生まれた悪魔の子ダミアンが――」

「ストップ！　ストップだ、尾田少年。これは老婆心からいわせてもらうが、オカルトに傾倒するなとはいわない。だが、読むもの、観るものは年相応なものを選ぶべきだ。あんな人がバッタバッタ死ぬような物騒な映画を小学生のキミが見てはいけない。同じ〝コワい〟なら『学校の怪談』や『トイレの花子さん』といった小学生らしい作品に触れなさい」

「小学生差別だ！」

「いや別に差別は――サナギくん、いいかげんに離れなさい」

「天堂、オタクンは知らないけど、アタシは本当にアナタの役に立ちたくてここにいるの。探偵事務所のホームページを作ったのはアタシだし、調査依頼の管理もしてるし、ちゃんと近所に宣伝だってしてるし――」

サナギは小学生ながら、パソコンに関してはここにいる者たちの誰よりも詳しい。

《天堂探偵事務所　公式ホームページ》を作ったのも彼女なのだ。

『逃げたペットの捜索から幽霊の出る家のお祓いまで、なんでも解決！』

依頼内容が便利屋じみてきたのは、ウェブサイトのトップに踊る、彼女の考えたこの煽り文句の影響《せい》なのだが、他事務所のように「不倫調査ならオマカセ！」なんて広告を彼女に作らせるわけにもいかず、これはこれで天堂は受け入れている。

「わかったよ。わたしの負けだ。ここにいるのは構わない。実際、サナギくんの管理で我々の事務所が助かっていることも多い。だが、探偵は危険を伴う仕事も扱う。君たちを危ないことに巻き込むわけにはいかないという我々の気持ちも理解してほしい。せめて、ちゃんと門限を守って、親御さんに心配をかけないようにしてくれたまえよ」

「そうそう、サナギは定時上がりの事務仕事に専念してよ。デンジャラスでミステリアスなミッドナイトの調査は、このぼく、探偵助手に任せてさ」

　サナギは両拳を握りしめ、ギリギリと歯を食いしばりながら涙目でレイを睨む。

「どうしてアタシじゃなくて、アンタが天堂の助手なのヨォォォ！」

「え？　何度もいってるじゃん。それはぼくが大人で、サナギが小学生だからだよって」

「きぃい！　アタシはアンタよりずっと、ずーっと前から天堂の助手になる予定だったの！　このヒトの良きパートナーになるはずだったの！　そしてゆくゆくは結婚を誓い合って、永遠のパートナーになるはずだったの!!　それをアンタが横から入ってきて邪魔したんだからね、この泥棒ネコっ！」

「結婚？　いいね！　あと十年くらいしたら、サナギはいい奥さんになるよ。そのころまで所長が生きてたらの話だけどね。ほら、所長って運が悪いから、いつ押《お》っ死《ち》んでも不思議じゃない、ていうか生きてるのが不思議なくらいでしょ。あ、でもそう考えると、きっとぼくの占いがないと所長、すぐに押っ死んじゃうよね。そんな所長が、このぼくから離れられるかなぁ」

「きぃいいいいいいい」

　高音を発しながらサナギは地団駄を踏む。

「そのくらいにしたまえ、レイくん。大人げないぞ。君はなんでいつもそうやってサナギくんを煽るんだ」

「だって、怒ってる姿が可愛いから」

「そんな理由ならやめなさい。あと押《お》っ死《ち》ぬも字が嫌だからやめなさい」

そんなことよりさあと尾田少年が入ってきた。

「すっごくいい話があるから聞いてよ！　今、駅前でこんな号外が配られててさ」

みんなの前に「手配書」と書かれた一枚の印刷物を見せる。

《ツチノコを見つけてください　懸賞金百万円》

奇妙な形の蛇の絵と、その特徴、見つけた際の連絡先などが書かれている。

天堂は紙を奪い取るようにして両手で持って顔に近づける。

「百万円⁉　なんだね、これは」

「なになに、アタシにも見せて」

背伸びして横から覗き込むサナギが、「ツチノコ？」と首を傾げる。

「サナギくんは世代的に知らないだろうな」

「ぼくも名前くらいしか知らないなー」とレイ。

「ツチノコはね、未確認生物なんだよ！」

待ってましたとばかりに尾田少年がウンチクを語りだす。

「昭和にブームになった未確認生物でね、胴体が異常に太い寸詰《すんづ》まり、サンショウウオの手足を取ってウロコをびっしりつけたような姿をした幻の怪蛇なんだ！　見た目も面白いんだけど、尺取り虫みたいに曲げた体をバネにして跳んだり、木の枝から滑空したり、鼾をかいて寝たり、行動もすっごく面白くてさ。日本各地で目撃されていて、他にもバチ蛇、タンコロ、ツチコロビとか、たくさんの呼称があって、一時は一億の懸賞金がついたこともあるんだよ！」

「いちおく――」

天堂はピンときていない。

「それは何円のことだ。百円玉が何枚のことだ？」

「百万枚のことだよ、所長」

「オタクンの話なんて真剣に聞いちゃダメだってば」

サナギは天堂の手から号外を奪いとる。

「こんなの、どうせ宇宙人とかおばけとかと一緒のウソ話なんだし」

尾田少年はサナギの手から号外を奪いとる。

「わかってないなー、サナギは。宇宙人もおばけも、学界では〝いるいない〟の議論なんてとっくに終わってるんだよ。今はどう付き合い、どう共存できるかを考える時代なんだ。だって、いるんだから。出たんだよ！　この祭鳴町で、ツチノコが目撃されたんだ！」

尾田少年によると二日前の夕方、祭鳴町の港湾区で勤務中だった荷役作業員たちが奇妙な生き物を目撃していた。それはビール瓶のような形をした蛇で、昔、ブームになったツチノコではないかと騒ぎになり、これを捕獲しようとしたが、すぐに見失ってしまったという。

その話は、あっという間に広まり――

「あっ、ベストタイミング！」

尾田少年は自分のスマホを出すと、ラジオアプリを起動させる。

『グッアフタヌゥーン！　お耳の恋人DJ・MU《ムー》です！

今日もはじまりました《サイナラジオ》、最初のコーナーはリスナーのみなさんのお待ちかね、ゾクゾク！　ワクワク！　祭鳴町ミステリーだ！

祭鳴町は、不思議なことがよく起こる不思議な町だって、みなさんも知ってますよね。

祭鳴湾沖で目撃されて話題となった未確認生物サッシー！

居住区上空をたびたび飛行する謎の発光体や、深夜の商店街でネズミを追いかける化け猫の目撃！

どれも話題になりましたね～！

では、いまいちばんホットな話題を知ってますか？

とうとう！　祭鳴町で！　あの！　伝説の生き物が！　目撃されたんでーす！

幻の怪蛇――そう！

ツ・チ・ノ・コ！

なつかしい～、昭和の頃は話題になりましたね～！

さて、今日は超常現象研究の第一人者、暗堂《あんどう》先生にお越しいただき、いま、祭鳴町で話題のツチノコについて、お話をうかがいたいと思います。

先生、さっそくですが、ツチノコについて詳しく教えてください』

『その前に、私がもう一つ興味を持っていることがあるんですが』

『おっ、なんでしょう』

『ツチノコが目撃された時刻に――なんと飛行する謎の発光体が目撃されているんです』

『ええっ!?　それってまさか、居住区で目撃されている、例のUFOですか？』

『しかも、ツチノコの目撃された港湾区の上空を飛んでいるのを目撃されているのです』

『えっ、それって、どういうことなんでしょう？』

『目撃されたツチノコ――いや、ツチノコに似た生物は、別の惑星から運び込まれた外来種《エイリアン・アニマル》の可能性が出てきたということです。つまり――』


「ほらね！　今、祭鳴町はツチノコとUFOの話題で持ちきりなんだ！　『ツチノコをさがせ！』『UFOと交信せよ！』って、全国各地から人がたくさん集まってきてるんだよ！」

　黒衣たちの集会場候補の調査で今朝、駅前を通った時、いつもより人が多いなと天堂は気になっていた。

「そんなことになっていたのか。しかし、尾田少年。こんなところで悠長に本なんて読んでいていいのか？　君もツチノコを捕まえたいのではないか？　各地から君と同じようなオカルトオタ……ライバルが集まっているんだろ？」

「ライバル？　ほとんどがお祭り騒ぎに参加したくて集まったシロウトだよ。ジブンは未確認生物探索の難しさをよく知ってる。だから、過去に目撃した人の記録を読んで、その習性、棲息の可能性がある場所、探索に適した道具の情報をしっかり確認しようと思ってね」

彼は将来、いい探偵か探検家になりそうだなと天堂は思った。

「それに、ジブンの目的は捕獲じゃなくて、保護なんだ。懸賞金なんかどうでもいい。だって、ツチノコは、とっても貴重な蛇なんだ。もしかしたら、今、祭鳴町にいる個体は、この地球で最後の一匹かもしれないんだよ？　心無い人間なんかに捕まったら、すぐに解剖されてホルマリン漬けにされてしまうよ。ジブンはツチノコを安全な場所へ逃がしてあげたい――そこで、相談なんだ」

尾田少年はまっすぐな目を、お面の穴から天堂とレイに向けた。

「天堂探偵事務所に、ツチノコ探索を正式に依頼したいんだ！」

すこし前から嫌な予感がしていた天堂は渋い顔をする。

「へえ、おもしろそうじゃん！　受けてあげなよ、所長」

レイの発言に、条件反射のようにサナギが噛みつく。

「ちょっとアンタ！　無責任なこといわないでよね。オカルトオタクのゴッコ遊びに天堂を巻き込んでどうするのよ。百歩譲って、そんなヘンテコリンな蛇が実際いたとしても、オタクンの依頼受けるより、懸賞金もらったほうが確実に百万が入るじゃない」

「お金のことは心配しないで！　懸賞金にちょっと上乗せした金額を支払うから！」

「本気でいってるの？」

サナギの問いかけに尾田少年は当然だようなずいた。

「ジブンにとって、それくらい重要で価値のあることだしね」

「そういえば、尾田くんちって大金持ちなんだっけね」

レイにふられて天堂は「ああ」と答えた。

「前にも似たような案件を少年から持ち掛けられ、見たことない数の0が並んだ通帳を見せられたっけな。いくら正式な依頼だといわれても、小学生から金を受け取るわけにはいかない。今回もそうだ。しかも、百万もの大金……将来のためにちゃんと貯金しときなさい」

「小学生差別だ！」

尾田少年は猛然と抗議する。

「これはジブンのためではなく、ツチノコのためなんだ！　彼らは絶滅危惧種よりも絶滅危惧種なんだよ!?　もしこれで心無い人間に捕まって、解剖されたり実験材料にされたりなんかしたら……ジブンは怒りのあまり、『ツチノコの恨みを思い知れ!!』って叫びながら、この社会にとんでもないことをしでかす危険な人物になっちゃうよ！」

「落ち着きたまえ。少年がけっして、今だけの勢いで言っているわけじゃないことはわかるし、ここで無視をすれば、その復讐劇はかなりの確率で将来、現実化しそうな気がしているよ。わたしは君に道を踏み外させたくない。善処しよう」

「ありがとう！　天堂！　持つべきは友だね！」

奇怪なマスクの下に喜色が広がるのがわかった。

「しかし、相手は何メートルもの大蛇というわけではないのだろう？　祭鳴町がそこまで大きくないといっても一匹の蛇を探し出すのはかなりの骨だぞ。レイくん、占いでなんとかならないか」

むずかしいねとレイは返す。

「占う対象を一度は目で見とかないと厳しいかな。人間なら会っていなくても、名前や生年月日がわかれば、未来の情報を手繰り寄せられるけど、漠然と見たこともない生き物の居場所を探せといわれても無理だよ。せめて、その蛇を目撃した人たちに会って詳しい話を聞けたら、その情報を元に占うことも可能かもしれないけど」

「うむ、そうか。尾田少年、最初の目撃場所は港湾区だったな」

尾田少年は力強くうなずいた。

※

曇天との境が曖昧になった灰色の祭鳴湾から、初秋の冷たい風が港に吹き込んでいる。

ブロック玩具の色彩とさほど変わらぬコンテナ群のあいだを天堂たちは歩いていた。

祭鳴港コンテナターミナル。

ツチノコが初めに目撃された現場である。

「ねぇねぇ、さっき入口の守衛の人と、なにを話してたの？」

前を歩いている尾田少年にレイが訊ねた。彼の手には、ツチノコ捕獲用にと近くのホームセンターで買った虫取り網が握られている。

「ツチノコを目撃したって人が、今どのへんで作業してるのかを教えてもらったんだよ」

「へぇー、こんな遊びみたいなことに付き合ってくれるなんて優しい人だね」

「あの人とは何度か会ったことあるしね」

「えっ、そうなんだ？」

「うん。ジブンの親、ここに入ってる企業でも社長をやってるから」

レイは隣のサナギを肘でつつく。

「聞いた？　今の言い方だと、尾田くんのお父さん何個も会社持ってる感じだよ。所長なんかやめて、尾田くんで玉の輿狙った方がいいんじゃない？」

「はあ？　アンタ何いってんの？　これだからシュセンドってやつはイヤね」

サナギは両手をあげ、呆れ顔を横に振る。海外ドラマでよく見るボディーランゲージだ。

「あのね、レイ。愛はお金じゃ買えないの。アンタ、アタシにオタクン押し付けて、天堂を横取りする気なんでしょ。フンッ。その手は食わないんだから！　アタシは天堂なら、お金なんてぜーんぜんなくたってかまわないし」

「うっそだー、ほんとに？」

「ほんとよ！」

「ほんとの、ほんとの、ほんとに？」

「ほんとよっ、しつこいわね！」

レイはサナギの前に回り込むと、彼女の両肩を掴んでグッと顔を寄せる。

「サナギ、一度、深呼吸して。そして、目をつむって想像してみて。電気ガス水道のライフラインがすべて止まった、薄暗い六畳一間。湿ってキノコの生えたカビ臭い布団で毎日寝起きし、朝昼晩の三食は雨水と風と、犬のうんちがついた雑草、そして、ときどき脚の多い虫。毎日、借金取りのノックにビクビクしながら、無職に近い老いた貧乏探偵を支えるため、キミは百個の謎の部品に百個の謎の部品を取り付けてようやく二十五円を稼げる謎の内職をしながら暮らすんだよ？　ねぇ、耐えられる？　耐えられるの？」

「ううんち……むむ虫……ううう、うううう」

サナギは頭を抱えて唸りだす。残酷な未来予想図と闘っているのだ。

「さっきから君たちは何をしてるんだ」

天堂が訝しむような顔で二人を見ている。

「とりあえず、今から聞き込みだ」


ツチノコを目撃したという作業員たちに話を聞けた。

目撃したのは夕方。場所はターミナル内C6区画にあるコンテナヤードで、現在天堂たちのいる物流管理運営会社所有のターミナルからは二区画はなれている。

そこにあるコンテナは昭和後期からあるものがほとんどで、中身は開発計画の大規模工事のために用意された資材や危険物などである。しかし、度重なる自然災害による影響で計画は頓挫、無期延期の形をとって現在まで保管され続けていた。中には火薬類を内蔵したコンテナもあるため、管理会社による年2回のチェックが入るのだが、今回はその作業のさなかに、ツチノコが目撃されたのだという。

「ああ、はっきりと見たよ。コンテナの中身の数を細かくチェックしてたら、足元を何かが通ったのが目の端に入ってさ。一瞬、ああ、ネズミかな、と思ったんだ。船から降ろしたコンテナからよくネズミが出てくることがあってさ。そういうやつらが港にはけっこう棲みついてるんだが、オレが見たそいつは、ちょっと大きすぎる気がして、目を向けたんだよ。ネズミじゃなかったんだよ。そいつは蛇でさ。――そう、でも変な蛇でな。蛇の頭と尻尾があるんだが、腹？　胴体の部分が、こうボッコリと膨らんでるんだよ。――太さ？　いや、消火器なんかよりも太いな。電信柱くらいあったな。きれいな筒状じゃなくて、ぼこぼことして、歪な形だったよ」

「私は休憩中だったんだよね、その時。缶コーヒー飲んでたらさ、『ツチノコだ！』って誰かの声が聞こえてきて、なんだあ？　って向かってみたら、C６の方から、なにかが地面を這ってくるシルエットが見えてさ。んん？　猫か？　犬？　なんだろうと立ち止まって見ていたら、それが見たことない生き物でね。呆然としていたら、そいつが急に進行方向を変えて、コンテナとコンテナの隙間に入っていったんだよ。そのすぐ後にC６の点検中だった同僚がこっちに走ってきて、そこで聞いて初めて、自分の見た生き物がツチノコだったたって知ったんだよ」

「ああ、C６かあ？　だめだめ、今だれも入れられないんだ。いや、今っていうか普段から一般の人は入っちゃダメなとこなんだけど、今はとくにダメなんだよ。――なんでって、あそこは制限区域だし。――え？　いやあ、ちょっといろいろあってね。――え？　そりゃ、いろいろだよ、お兄さんたちには関係ないことだよ。じゃ、おれ忙しいから」

聞き込み調査では、他に四人の作業員がツチノコ、あるいはそれに近い姿の未知の生物を目撃していることがわかった。尾田少年は熱心に聞いた話をすべてメモに取り、コンテナとコンテナの隙間やフォークリフトの下まで覗き込んでツチノコを探していた。

レイは話を聞いた人の顔の相をじっと見て、たまにポケットから「携帯用ミニ水晶玉」を取り出すとそれを自分の目に当て、ぶつぶつと何かを呟いていた。

気がつくと空はだいぶ夜が滲みだしていた。


海から吹き込む風が一層冷たくなってきて、サナギは両手に白い息を吐きかける。

「ううう、さむぅ。まだ、ここを探すの？　目撃されたのって二日前なんでしょ。もうとっくにどこか行っちゃってるんじゃない？」

「うーん、まだここにいると思ったんだけどな」

地面に這いつくばってコンテナの下を覗きながら尾田少年は口惜しそうに言った。

「ここ数日は気温も低いし、寒さが苦手な蛇なら、あまり遠くへ移動していないと思ったんだよね。港にはネズミも棲みついてるし、ここにいればエサにも困らないのに」

「さて」

天堂はパンパンと手を叩く。

「いい時間だ。其処《そこ》な小さな探偵たちよ。君たちは家に帰りたまえ」

「えぇー！」

尾田少年はぶんぶんと首を横に振った。

「こんな中途半端はいやだよ！　心無い大人たちに先を越されちゃうよ」

「仕方がないだろう。ツチノコ探索は引き続き、わたしとレイくんでやる。必ず見つけると約束しよう」

「ううう、ほんとに大丈夫かなぁ。天堂めがけて墜落してきた飛行機でツチノコがぺちゃんこになったりしないかな。ねえ、レイさんもしっかりツチノコを守ってね」

レイは尾田少年から虫取り網を託される。

「オッケ〜。そうなったらツチノコ優先で助けるから」

渋々、帰っていく小学生ズの背中を見送ると、「さあて」と天堂は首をコキコキ鳴らす。

「ここからは大人の仕事だ。どうやら、このターミナルではツチノコ騒動とはまた別のトラブルも発生しているようだな」

「うん。ツチノコの陰にかくれてるけど、一部の作業員たちには、そっちのほうが重要で深刻みたいだね」

「もう少し聞き込みしてみるか」

天堂たちはC６区画付近で立ち話をしている二人の作業員に声をかけた。

ツチノコ目撃時のことを聞きながら、天堂はあたかも〝トラブル〟についても知っているような話しぶりで、新たに次の情報を引き出した。

ツチノコが目撃されたという二日前、C６区画で管理されていた産業用火薬爆薬類のコンテナの中から、ダイナマイトが紛失していることに作業員が気がついた。

予定されていた大規模工事で発破作業に使用されるはずだったが、計画が頓挫したことで使われぬまま保管されていた物の一部であり、テープで三本を一括りに固定されていたという。

「所長、ぼく、すごくイヤな予感がするよ」

「うむ。ちょっと怖いが占ってみてくれ」

「タロットで最短のワンオラクルで視るよ。所長、何かぼくに質問を」

「――これから、何が起こる？」

「聞いていたかいカードたち。明るき灯の下のものでなくてもいい。仄暗さに霞むほどのものでいい。ぼくの指を未来へと導いておくれ」

レイはシャッフルしたカードの束から一枚引く。

細長い建物に稲妻が落ち、二人の人が落ちている不吉な絵柄のカード。

「あはは。まったく、ぼくの占いも容赦ないな。ぼんやりとした暗示でもいいって言ってるのに、こんなにはっきりと、今いちばん出てほしくないカードに導いてくれるとはね」

「どういう占い結果が出たんだ？」

「これは『塔』のカード。築き上げたものが一瞬で破壊されて変わってしまう暗示だよ」

※

居住区――第一へいわ公園。

日もすっかり落ち、さっきまで遊んでいた子どもたちの姿はなくなっている。

あちこちの民家から夕飯のにおいがしはじめる。

ベンチには小柄な老人がひとり座って空を見上げている。

「いい夜じゃ。そろそろ〝散歩〟にいくとしようかの」

老人がベンチを立つと、砂を踏む音をさせて二人の人影が近づいてきた。

「ほお、久しぶりに見る顔ぶれじゃな」

老人は天堂とレイに微笑みかける。

「レイ、仕事は順調か？」

「うん、なんとかがんばってるよ、おじいちゃん」

「そっちの若いのは相変わらず顔色が悪いな。ワシより先に逝ってしまいそうじゃぞ」

「あなたはかわらず元気そうだな」

「いや、ワシももう体のあちこちにガタが来ていてな、このぶんだと明日にもお迎えがきてもおかしくない」

「ご冗談を」

「――で？　この老い先短いジジイになんぞ用か？」

「あなたに仕事を頼みたいんだ。ＤＧ――いや、《観察者》」

老人はベンチに座る。

「やれやれ、まだその名で呼ぶかね。そろそろ引退を考えているんじゃがのう」

「ほんとうに冗談好きなじいさんだな。あなたは今から〝散歩〟に出かけようとしていたんじゃあないのか？　最近だって――そうだな、二日前の夕方、港湾区上空あたりを〝散歩〟していたんじゃないのかね？」

「――腐っても探偵か。ご明察の通りじゃよ」

「世間は、またUFOだと騒いでいるぞ。あんまり目立たない方がいいんじゃないか？」

「ワシもまだまだ好奇心が旺盛でな。生きれば生きるほど、見たいものが増えていく。世の中には俯瞰でしか見られないものがあり、そういうもののなかには普通に生きていては見られない、知りえない真実もある。ワシはそういうものを、この命続くかぎり、たくさん見ておきたい。まあ、冥途の土産だわな」

「明日、お迎えが来る老人の言葉ではないな」

《観察者》――DG《ドローンジジイ》。

ドローンを意のままに操り、この町を観察する闇社会の住人。

かつては凄腕のパイロットといわれているが職歴は不明。

卓越した操縦テクニックと神がかったカスタマイズ技術で、そのドローンは彼の第二の身体となって、祭鳴町の空を駆け巡る。普段は公園でひなたぼっこをしているが〝散歩〟と称して愛機を飛ばし、積載したカメラで街のあちこちを観察している。依頼があれば観察者から追跡者となり、狙った獲物をどこまでも追いかける。

「おっと、のんびり世間話をしている時間はないんだ。さっき話した二日前の〝散歩〟のことだ。DG、あなたの〝目〟が、港湾区上空から、ある光景を見ていないかと思ってね」

「撮影記録はすべて残してある。ところで――金はあるんじゃろうな」

「出世払いで頼めないか」

ふぁっふぁ、とDGは笑った。

「馬鹿を言うな。おぬしの出世など未来永劫こんだろう。知っとるぞ。ここ数日、《情報屋》と《ペラ屋》のところにも顔を出しておるだろ。どうせ、そっちも後払いなんじゃろうが、ワシは後払いもローンもお断りじゃ。だいいち、文無しのおぬしが支払いを終えるまで、ワシが生きておると思うか？」

「生きている可能性はかなり高いと思うがね――なあ、DG。もしかしたら、多くの命にかかわることかもしれないんだ」

「そういえばワシがタダで動くとでも？」

「おじいちゃーん、しばらく孝行しに来るからさ」

レイが甘えた声で肩をたたく仕草をする。

「《観察者》の利用料金にしては安すぎる――と、こういうやり取りをしている間にも危険が迫っている、そんな目じゃな、二人とも。はぁ。仕方がない。金の話は後回しにしてやるが、若いの、ワシから逃げられるなどとは、ゆめゆめ思わぬことだ」


二日前に港湾区上空からドローンが撮影したターミナルの映像を確認する。

時間はツチノコ目撃の前後数十分。そこには、決定的といえる状況証拠が録画されていた。

あちこち塗装の剥げた古そうなコンテナが開いており、中には「火気厳禁」と書かれた複数の木箱が積まれている。二人の作業員が木箱の蓋を開け、そこに詰まっている筒状の物を数え、クリップボードの紙にチェックをつけている。筒状の物はダイナマイトのようだ。

作業員たちはコンテナの奥に入っていき、映像から消える。が、かわりにそこに、ネズミが走ってくる。

子猫ほどの大きさのネズミは、作業員がチェックしているコンテナの中へと入っていき、それを追ってオレンジ色の蛇も滑るようにコンテナの中へと入っていった。

それから五分ほど経って蛇だけがコンテナから出てきたが——その胴は先ほど見た時より数倍に太くなっており、形状も歪になっている。

——これが、目撃されたツチノコのようだ。

色から見ても、さっきネズミを追っていた蛇だろう。

歪な形になった蛇がコンテナを出ていくと、すぐに二人の従業員が追って出てきた。

その後はツチノコの撮影された映像はなかった。


「なるほどね」

FPVモニターからレイは顔をあげる。

「日本では見ない色の蛇だね」

「外国から来た積み荷に潜り込んでいたんだろう」

「ネズミ一匹を飲み込んだ程度の変化じゃなかったよ」

「ああ、あの腹の中にネズミはいるだろう。ただ、ネズミだけじゃない」

「ダイナマイトも」

レイの言葉に天堂はうなずく。

「点検中で蓋が開いていたダイナマイトの箱に、さっきのネズミが逃げ込んだのだろう。そこにネズミを追いかけてきた蛇も飛び込んで――」

「ネズミもろともパクッ」

天堂とレイは顔を見合わせる。

「腹にダイナマイトを抱えた蛇が港湾区を出ていたらまずいことになるな」

「この蛇の様子なんだけどさ、作業員に追いかけられたからってのもあるけど、ネズミじゃないものを呑み込んだことで多分パニックになってるね。ものすごい速さで移動してる」

「ターミナルにはもういないな。あんなのがいれば、すぐ見つかる」

それはつまり。

三本のダイナマイトが市街地へと出てしまったということだ。

「所長。ダイナマイト一本分の威力ってどれくらいかな？」

「火薬量にもよるだろうが――爆発の衝撃はコンクリートも抉るほどだ。そこまで広範囲ではないだろうが、近くに人がいれば無事では済まない。それが三本セットで、車がびゅんびゅん走っている道路にでも出たら、轢かれた瞬間にドカンだろうな」

「あー、ツチノコ探しに来た人たちに見つかったらまずいね」

「今この瞬間も探しているヤツはいるだろうな。それに明日は土曜日だ。まずいな。ラジオを聞いた子どもたちが、朝から大勢探しに来るかもしれないぞ」

でも、とレイは気がかりを口にした。

「『塔』のカードの暗示とは、合わない気がするんだよなあ」

「とにかく、警察に通報し、町内に警戒を促す放送をしてもらおう。今夜中に〝ツチノコ〟を捕獲しないとまずいことになる。まてよ。じゃあ、捕獲したところで懸賞金なんてもらえないのではないか？」

「あはは。本物のツチノコじゃないなら、尾田君からももらえないね」

「しかたがない。自由に動き回るダイナマイトが町へ放たれたかもしれんのだ。懸賞金の夢は潰えたが、絶対に捜し出さなくてはならなくなった。はあ。またタダ働きではないか」

天堂はベンチに座っているDGに向く。

「ワシにもタダ働きさせようという顔じゃな、若いの」

DGはガスマスクのようなものを顔に装着していた。ドローンに積載したカメラから映像を受信して視覚共有するFPVゴーグルだ。黒いボックスケースを開けると、そこには八つの小さいプロペラがついた黒いドローンが収納されている。

「いいのか、DG」

「いいもなにも、別にお前さんのためではないわ。ワシは毎日、この公園でひなたぼっこしている。ここで遊んでいる子どもたちに危険が及ぶとあれば、このDGも黙っているわけにはいかんじゃろ」

小さなローター音をさせながら、天堂たちの目の前でドローンが浮上する。

黒い機体が夜の空になじんで姿を消すのかと思うと、全体が発光する。深海の発光生物が見せる神秘的なイルミネーションのごとき極彩色の光が、ドローンを実際のサイズよりも大きく見せていた。これが、祭鳴町で目撃されていたUFOの正体だ。

「この『黒凰号《こくおう》』は、超望遠・超高感度のカメラでネズミ一匹でも空から見つけ出すことができる。ワシの改造により、このドローンは飛行しながら形状を変化させることができ、車の下などの隙間にも地上すれすれで飛行しながら追跡できるようになった。バッテリー持続時間も引き上げ、他からの電波干渉を受けず、むしろそれらを飛び石にして、どこまでも飛行距離を延ばすことが可能じゃ。おぬしらは、おぬしらのするべきことをしろ。空は、ワシに任せろ」

『祭鳴警察署からお知らせいたします。爆発物を呑み込んだ蛇が祭鳴町内にいるとの通報がありました。念のため、窓の戸締りを確認し、外出はお控えください。車での移動も大変危険です。ツチノコを探しに外を歩かれている方、速やかに帰宅するか、飲食店などに避難してください。もし、不審な蛇を見ましたら、けっして近づかず、安全な場所へと退避したうえで一一〇番通報または祭鳴署までご連絡ください。ぜったいに捕まえようとしないでください』

防災無線が町内に流された。

交通規制も始まる。〝ツチノコ〟がいる可能性もあるので通行速度制限を行い、道路によっては一時的封鎖もされた。爆発物処理班の姿もあった。

不穏な囃子に沸く夜の祭鳴町を、天堂とレイは走っていた。

「所長、わかってると思うけど」

「ああ、死相だろ。気にしているとも。さすがに爆死は嫌だよ。あまりハードボイルドじゃない。しかし、この町も災難だな」

レイのスマホにＤＧから着信があり、スピーカーにする。

『捉えたぞ』

獲物を捕捉した昴りを抑えた声。

猛禽が言葉を喋ったなら、きっとこんな感じだろう。

『商業区6―3。まずいことに道路を渡って向かっている先は、ガソリンスタンドじゃ』

「おじいちゃん、追跡継続で。お願い」

『了解』

レイは走りながら「携帯用ミニ水晶玉」をポケットから取り出し、前を走る天堂の薄っぺらな背中を視る。

水晶玉の中の天堂の背中。そこに、今から十分後から三十分後の彼の身に起こる、災いの徴が現れる。

――「危」の文字。

――迫る二つの光。

――「火」の文字。

――抽象的な炎。

――一面の赤。

「うん、だめだ」

「なにがダメなんだ、レイくん」

天堂は走る速度は緩めず背中で問いかける。

「所長は事務所に帰ったほうがいい。今、所長に出ている死相は間違いなく、今ぼくらが向かっているところで待ち受けている運命だから」

少しの間があって、

「そうか。しかし、わたしが死の運命を免れたとして、その災いははたして諦めて町から去ってくれるだろうか」

「何が言いたいの？」

「わたしに降りかかるはずの災いから、もしわたしが逃げたら、その災いは、どうなる。わたしのいなくなった場所に被害を及ぼすのではないか？　ならば、わたしが災いをすべて被ることで、何事も起きないということにはならないか？」

「はあ？　最終回の主人公みたいなバカなこと考えないでよ」


二人がガソリンスタンドに着くと、上空にDGのドローンが滞空している。

レイのスマホの〝スピーカー〟からDGが『すまん』と言った。

『ワシとしたことが標的を見失った』

「おや、珍しいこともあるもんだな、DG」

《観察者》が《追跡者》になったのであれば、その〝目〟から逃げられるものはない。

不測の事態があったのだと天堂にはわかった。

『公園に不審な奴らが来てな。退避した』

「何者だ？」

『さあな。こんなことをいっておったぞ。「せっかくの奇跡の邪魔をするな」——とな』

「意味がわからないな。いま、安全な場所にいるのか？」

『ああ。追っては来なかった。おかげで二秒だけ、標的から目を離してしもうた。蛇がガソリンスタンドに入ったところは確認しておる。まだそう遠くへは移動しておらんだろう。今もガソリンスタンド内のどこかにいるはずじゃ』

「助かったよ。DGも警戒はしておいてくれ。最近、怪しい奴らが怪しい活動をしている」

『わかった。町をよく観察しておくよ。おぬしも気をつけろ。しっかりレイの言葉を聞いて動け。災難にさえ好かれなければ、おぬしという男は、そう悪くはない』


二十四時間営業のセルフスタンド。

手分けしてスタンド内にある隙間や陰に目をさしこんだ。

周囲には営業中の飲食店やマンションなどもある。最低でも窓明かりの数だけ命があるのだと思うと行動のひとつひとつに焦りが出てくる。

看板の下、排水溝、パイロンの中——もう探す場所がない、となったその時。

一度見たはずの給油機の陰から歪な影が飛び出してきた。

「いた！　そっちにいったよ！」

大判の紙やすりで鉄を擦るような音をさせ、胴体がダイナマイトの形になったオレンジ色の蛇がレイの目の前をすばやく蛇行しながら移動し、道路の方へと向かっていった。

そこに巨象のようなタンクローリーが、スタンドに入ってこようと曲がってくる。

レイの目に、フロントバンパーにある『危』の文字が飛び込む。

ヘッドライトの光が地面を必死に這う〝ツチノコ〟を照らす。

タンクローリーの太い足がツチノコを轢いた次の瞬間、小さな爆発が起き、積んでいるタンクの中の可燃性液体が爆発、ガソリンスタンドの地下タンクが大爆発、爆炎は一瞬で周囲にある店やマンションに広がって一帯が火の海と化すというイメージが、レイの頭を一瞬でよぎる。

「う、うおお、うおおおお、おおお!!」

天堂が走った。片足を挫く。その勢いで転んで地面に顔からいったが、すぐに起き上がり、鼻から血をなびかせながら走って、もう片方の足も挫く。

跳んだ。プールの飛び込みのような線を描きながら。

前に伸ばした両腕が〝ツチノコ〟をキャッチする。衝撃だけは与えまいと自身の肉体を緩衝材とすべく、ダンゴムシのように身体を丸めて深く包みこんだ天堂の胸元から、何かがスポンと飛び出す。それは、強く押し抱いたことで蛇が吐き出したダイナマイトだった。

レイはすぐさま虫取り網ですくいあげるように、ダイナマイトをキャッチした。

天堂はそのままゴロゴロと勢いよく転がり、『火気厳禁』と書かれて炎のイラストの入った赤いスタンド看板に激突する。トラックの『危』、ヘッドライトの二つの光、『火気厳禁』の看板の『火』の文字と炎のイラストに、看板の色の赤。

天堂はレイの占いにあらわれた災いの徴を一瞬で回収してみせたのだ。

※

ダイナマイトはその後、警察に引き渡され、蛇は市内の動物園が保護することになった。

ツチノコの正体はダイナマイトを呑み込んだ蛇だった——その事実は祭鳴町に懸賞金目当てで集まった者たちを落胆させ、ツチノコブームはあっけなく幕を閉じたのであった。

Episode5　集《すだ》く黒き者たち

「うう、鼻が疼《うず》く……熱を持ってズキズキしている」

天堂は、自分のデスクで卓上鏡を覗き込んでいる。

昨日のツチノコ騒動でのことだ。

タンクローリーに轢かれそうになっていた蛇を、天堂は命がけで助けた。

蛇は、目の前の男が自分の命を救ってくれたことなどわからない。

なので、目の前にある男の鼻を噛んだ。

蛇は毒をもっていたが、さいわい致死性ではなかった。

死毒ではなかったが、今朝になって天堂の鼻は、元の倍の大きさになっていた。

「鼻だけ『アバター』みたいな色と形になってるよ、所長」

クスクス笑いながら、平和な朝だなぁとレイは思う。

だが、ちょっと気になっていることもある。

朝はいちばんに天堂の運勢を占ってあげるのがレイの日課なのだが、さっき彼の運勢を見たら、死相が出ていた。

昨日から出ていたものだ。

天堂にとって死相の出現は、それほど珍しいことではない。わりと出やすいほうだ。

この相の出現は大半が運の絡むものなので、レイが占いで、ちょちょいと彼の運勢を変えてあげれば、気がつくと死相は消えている。なんなら、彼が他の災難に遭っているあいだに、気がついたら消えていることもある。

斯様に天堂に出る死相は、そこまで積極的に彼を死なせようという相ではない。ただ、昨日からあらわれている死相はいつもの相と違い、彼を殺る気まんまんの強い相なのだ。

レイはてっきり、昨夜のガソリンスタンドでの一件が死相に繋がっていくと思ったのだが、まったく関係なく、事件解決後もかかわらず天堂の顔には死相が出ていた。そして今も。

この死相は、どの災いに繋がるものなのだろうか。

今の時点では占っても出てこないので、レイは少し心配していた。

「昨日は、ほんと長い一日だったね」

「そうだな。しかも一銭にもならず、助けた蛇には噛みつかれ、DGへの映像提供料の支払いが増えただけ。まったく、災難だらけの一日だったよ」

上司の愚痴を聞きながら、ぼんやり水晶玉を視ていたレイは「あ」と声をあげた。

「所長、今日はコーヒー飲まない方がいいよ」

「馬鹿を言うな。酒も煙草もやらない、わたしの唯一の嗜好品だぞ」

「やらないんじゃなくて、お金がなくてやれないんでしょ。コーヒーだってスーパーの大特価で買ったものだよね」

「なにをいう。わたしの買っているコーヒーは高級品なんだぞ。安価なのはスーパーの企業努力によるものだ」

「たしかに。なんでも値上げ、値上げのこの時期に、五百円以下で大盛り弁当が買えるのはありがたいよね。でも所長、そんなコーヒーにこだわってたっけ？　茶色けりゃ泥水でもなんでもいいと思ってたよ」

「こう見えて、コーヒーにはちょっとうるさいんだぞ。ちゃんと豆から挽いているしな」

「へえー、そうだったんだね」

天堂の趣味嗜好にはまったくもって興味がないので知らなかった。

「たっぷりと時間をかけてドリップした至極の味と風味。疲れた探偵のアンニュイな休息には、苦みの強い一杯のコーヒーがあれば、何もいらない」

「でも、今日はやめてね」

「なぜだ！」

「今日の所長の占いの結果が『コーヒーは飲むな』だったから」

「占いの結果なのか……うーむ」

「一日くらい我慢できないの？」

「いや、それが困ったことに」

レイに空のマグカップを見せる。

「先ほど、飲んでしまってね」

「あー、なるほど」

レイはタロットや水晶玉を抱え、所長のデスクから少し離れてソファに座り直す。

「レイくん、今の行動はなんだね？　どんな占いの結果が出たんだ？」

「こっち向いて喋らないでくれる？　息がかかるから」

「失敬な。毎日、歯は磨いているぞ」

そういうことじゃないですとレイは返す。

「ところでコーヒー、おいしかった？」

「ああ、深くコクがあり、酸味にほのかな渋みが利いて、甘みと塩気が――」

くどくどしい味の説明をされているあいだ、レイはスマホをいじりだす。

「ん？　おいおい、人に訊いておいて、その態度はなんだ。それよりいいかげん、さっきの占いで何が視えたのか、わたしに教えてくれ」

「これ」

レイはスマホ画面を天堂に向け、たったいま検索して出した画像を見せる。

「なんなんだね……うっ、これは！　ネズミの糞ではないか!?　おい、レイくんっ、いったいなんのつもりだ。こんな汚い画像をわたしに見せ――えっ？」

レイは虫の死骸を見るような目で天堂を見ていた。

「まさか、フンが？」

「コーヒー豆に混じっていたみたいだね」

「ウソだと言ってくれ、レイくん」

「このビル、けっこうネズミいるんだよね。今度ネズミ捕りを仕掛けないとな」

天堂は両手で口を押さえ、トイレにかけ込んだ。

おえええっ！　おえええええっ！

おえ？　おうわあひゃあぎゃあああああ

「変わった吐き方だなぁ」

奇声をあげながらトイレを飛びだした天堂、その顔の中心に何かがある。

鼻にネズミがぶらさがっている。

腫れあがった鼻が食べ物にでも見えたのか。ネズミが彼の鼻に齧りついているのだ。

天堂が暴れると、鼻にぶら下がったネズミが大きく振り子運動をする。パニック状態の天堂は何かにつまずいて派手に転倒。その振動で近くの棚からコーヒー豆の入った袋が落ち、叫んで大きくあけている天堂の口にザラザラと注ぎ込まれる。さらにそこへ、鼻にぶらさがっているネズミが彼の口の中にプリッと――。

そんな凄惨な光景を目の当たりにしたレイは、哀れみを込めた目で見ながら、

「地獄だなあ」

と、ボソリと言った。

※

「おっはよー!!」

「おはよー」

事務所のドアが勢いよく開いて、サナギと尾田少年が駆け込んでくる。

学校がない土曜日と日曜日、天堂事務所は朝から大変にぎやかだ。

「やだっ、天堂、その鼻どうしたのっ⁉」

「触らないでくれ、サナギくん」

蛇毒で青く腫れあがっていた鼻は、ネズミに齧られたことで紫に変色していた。

サナギはショックで膝から崩れ落ちる。

「あううう、天堂のだんでぃーな甘いマスクがぁ」

「そのダンディーはさっき、ネズミのうんちをいっぱい食べてたよ！」

「レイくんっ、余計なことをいうんじゃない！」

サナギの頬を一筋の涙が伝い落ちる。

「うそ……もうそこまでお金がないの？　だめだよ天堂、いくらお腹が空いたからって、食べちゃいけないものは食べちゃだめ！　……決めた！　天堂は今日からアタシんちに住みなよ！　親が知ったら大変だから押し入れの中になっちゃうけど、アタシが天堂のこと一生面倒見てあげる！」

「わたしは拾った犬猫と同じか……」

スチール棚の前で我関せず焉《えん》と立ち読みしている、奇怪なお面をつけたオカルトオタクの尾田少年。レイはその横に立ち、少年の顔をのぞき込む。

「ツチノコ、本物じゃなくて残念だったね。落ち込んでない？」

「ううん、ぜんぜん！　むしろジブンは安心しているよ」

「安心、そうなんだ？」

「うん！　だって、彼らの平穏な暮らしが守られたんだからね。それに、未確認生物は未確認のままだからロマンがあるんだよ！」

尾田少年は生粋のオカルティストでかなりのオタクだし変なお面をいつもつけてる変わり者だけど、そのへんの小学生よりよっぽどアクティブだし考え方も健全かつポジティブなので、レイはお気に入りだった。

「一緒に住むって同棲よね。ってことは、その次は結婚!?　そうと決まれば善は急げね」

こっちはこっちでポジティブでアクティブだ。

サナギはソファに座るとノートパソコンを開いた。

「ちゃんとお金になる依頼を探して、アタシたちの結婚資金を貯めなきゃ」と事務所ウェブサイトの管理者ページで依頼の投稿がないかをチェックしていく。もう手慣れたものだ。

後ろからヒョイッとレイがのぞき込む。

「おや、さすが天堂探偵事務所の事務係。土曜の朝から精が出ますな」

「助手だから！　何度言ったらわかるの！　朝からイラつかせないで！」

「あはは、顔真っ赤にして、か～わいい～。しかし、今日もぜんぜん依頼来てないね」

「はあ？　どこ見てんの。一件きてるじゃない」

「――あ、ほんとだ。なになに」

《黒マントをつかまえてください》
はじめまして。
ぼくたちは四日前の夕方、学校で黒マントを見てしまいました。
黒マントは、ぼくらの学校で噂になっている怪人です。
そんなもの、いるわけないって思ってたけど……。
ぼくらは見てしまったんです。
全身が真っ黒な怪人の姿を。
こわくて、放課後は学校にいられません。
探偵さん、どうか黒マントをつかまえてください。

祭鳴小学校　六年三組　大谷仁志
倉守伸也

「げっ」

「どうしたの、サナギ」

「この二人、うちのクラスの男子だわ」

サナギや尾田少年から学校の話を聞くことはあまりない。本人たちが話したくない雰囲気を醸し出してもいる。尾田少年の理由はよくわからないが、サナギは早く大人になって天堂のパートナーになりたいので、なるべく小学生感を出したくないのだろう。

「この黒マントってなんなの？」

「黒マントはね！」

いつから聞いていたのか、レイの後ろから赤いお面がのぞき込んでいる。

「うちの小学校に昔からある『学校の怪談』の一つなんだ。放課後、校内に一人でいると黒いマントをつけた怪人が現れ、その子どもをさらって、悪魔の世界に連れていっちゃうんだ」

「へぇー、その怪人は悪魔の使いってことなのかな」

レイの質問に尾田少年はごきげんでうなずく。

「そういうことだろうね。ジブンは怪談や都市伝説にも興味があるんだけど、学校で語られる怪談に登場するお化けって、なぜか色に関係するものが多いんだよ。トイレで紙を欲しがる声が聞こえてくる怪異《赤い紙・青い紙》、廊下を夜な夜な歩く《白い少女》、他にも《ムラサキババア》《青坊主》っていう妖怪の話があるよ！」

「ふーん、学校ってお化けだらけなんだね。この黒マントに本当に攫われちゃった子はいるの？」

「どうかなー、ジブンは聞いたことがないよ。黒マントにさらわれたら、その子は悪魔の生贄にされるんだ。でも、誰かが行方不明になったって話も聞かないしね」

「そんなのいるわけないじゃない。ばっかばかしい」

サナギが呆れ顔でため息をついた。

「だめだめ、こんなの依頼じゃないわよ。まったく、こんな低次元なこと書いて。同じ六年生として恥ずかしいわ。どうしてうちの学校の男子って、こう子どもっぽいんだろ」

「子どもだからじゃない？」

「子どもだけど、もっと子ども子どもしてるのよ。オタクンほどじゃなくても、男子はみんなこういう話が好きで、みんなけっこう信じちゃってるとこあるのよねぇ」

依頼内容を読み返しながらレイは少し考える。

「所長、いまの話、聞いてた？」

天堂は手鏡で鼻を見ながら「聞いてたよ」と返した。

「ちょっと気になるよね？　黒マント」

レイはソファに戻って水晶玉に手をかざす。

「黒衣のやつらと関係があると？」

レイは首を横に振った。

「わかんない、けどさ、悪魔の使いよりかは、そっちのほうが現実味はあるしね――ほーら、小学校の方に、なんだか不穏な徴《しるし》が見えてきたよ」

水晶玉の中に現れる幾つもの断片的な暗示を拾いだし、意味を成すように頭の中で組み立てると散文詩的なものになった。

――黒の衣を追うもの
――黒が集まる地の底
――追う者が勝つ

「おお、ドンピシャではないか。黒が集まる地の底——まさに地下で怪しい儀式をする彼らのことだ。しかも、追う者が勝つだと？　レイくん、これは調査する価値がありそうだな」

「問題は、依頼人がまた小学生ってことだけどね」

「情報提供者と考えればいいだろう。日比野氏の依頼の調査としてやるんだ。サナギくん、この子たちに話を聞けるだろうか」

「え？　うん、たぶん今日も朝から運動場でサッカーしてると思うけど……」

※

祭鳴小学校の正門前で待っていると、サナギが二人の男子児童を連れて出てきた。

「おまたせ。こちら大谷くんと倉守くん」

男子児童たちは緊張した様子で上目遣いに天堂を見る。

天堂は「どうも」と笑む。鼻にはガーゼと大判の四角い絆創膏が貼られている。

「探偵の天堂サイガです。うちのウェブサイトに調査依頼を出してくれたのは君たちだね」

探偵と聞いて男子児童たちは顔を見合わせ、「うおお」「ヤベエ」と声をあげた。彼らはアニメやドラマなどの虚構世界の探偵しか知らないはずだ。本物の探偵を前にして興奮しているのだろう。この反応に天堂は気を良くした。

「リアル探偵に会った感想はどうだい？　よければなんでも質問し——」

「蝶乃って探偵だったのかよ。すっげぇぇぇ」

「かっけぇー！　やっぱ蝶乃ってすげーな」

サナギは得意げな表情で腰に手をあてている。

「ふふん、正確には探偵助手だけどね」

「おおお、それもかっけぇぇぇぇー！」

「蝶乃に似合うよー！」

男子児童らのサナギを見つめる目の潤んだ輝き、喜色の表情に差す紅潮、語彙少なめの止まない賛辞。

男子児童らはどうも、サナギのことが好きなようだ。

彼女は普通の小学生よりも、かなり大人っぽい感性を持ち、本人も大人に憧れているような節がある。そんな彼女に男子たちはクラスの他の女子たちにはない魅力を感じてしまい、サナギはそんな男子に〝子ども〟を見てしまうのだ。

「さて、君たちが見た怪人について、詳しく聞かせてもらえるかな」


二人の男子児童は四日前の放課後、運動場でサッカーをして遊んでいた。

校庭開放終了時間の五時になるとみんな帰っていったが、大谷・倉守の両児童は遊び足りず、その後も運動場に残って遊んでいた。

「二人でＰＫをやってたんだ。先生に何かいわれたら帰ればいいやって」

「だいぶ暗くなってて、五時半くらいだったかな」

蹴ったボールがゴールポストに弾かれ、校舎裏のほうまで勢いよく転がっていった。

二人で追いかけ、ボールを拾って戻ろうとすると、校舎裏の奥に人の気配がある。その場所は植樹されている木々が陰を作っていて昼間でも薄暗く、夕方はさらに暗い。誰かがいるのはわかったが黒い影しか見えず、児童か先生なのかもわからない。

その人影は、すぐそばにある縦格子の門扉を開け、その先に入っていった。

そこは、学校農園の入り口である。

「誰だろうってそばまで行って覗いたら、その人影が農園の奥に歩いていくのが見えたんだ。でもよく見たらそれ、影じゃなくって、なあ？」

「うん、上から下まで真っ黒なお化けだったんだよ！」

「黒マントだって怖くなって、ぼくたち逃げちゃったんだ」

「――以上かな？」

天堂が訊くと男子児童たちはコクリとうなずいた。その横でサナギが「こんなばかばかしい話につき合わせてごめんね」という目を天堂に向けている。

「話を聞かせてくれてありがとう。逃げたのは賢明な判断だ。今後も同じものを見たら絶対にそうすべきだと思うよ。ただ、その黒い人影は先生だったとは考えられないかな？　夕方といっても今の時期なら五時でも十分に暗いから視界も悪いだろうしね」

「だとしても変だよ」

「うん。ありえないよな」

「変。ありえない。ふむふむ。それはなぜそう思うんだい？」

天堂は柔らかい口調で訊ねた。

「農園は先々週から、立ち入り禁止になったんだ」

「どうしてかな？」

「サソリの抜け殻が見つかったからだよ」

天堂はレイを見た。

思わぬ異質なキーワードが飛び出した。

こういう明確な違和感を放つ情報はレイの占いに役立つ。

「サソリって、あの尻尾に針があって砂漠にいる、あのサソリかい？」

「そう。その抜け殻。な？」

「うん。ペットとして飼われてたのが逃げ出したんだろうって先生は言ってた」

「日本の南島にもサソリは棲息してるけどね」

尾田少年がいった。

彼は少し離れた場所にしゃがんで、小枝で地面に魔法陣を描いている。

彼の好きそうな話題なのに、さっきから妙におとなしいのが気になる。それとも、学校ではいつもこうなんだろうか。

「あいつ、尾田じゃね？」

「ほんとだ。見ろよ、あのお面じゃん」

「あいつも探偵やってんだ？　なんか意外〜」

「いつも何考えてるかわかんないんだよな、オレ、あいつ苦手」

尾田少年が静かな理由が天堂にはなんとなくわかってしまった。

あとでオカルトな話題でもふって、存分にウンチクを披露してもらおうと思った。

「しかし、学校にサソリとは穏やかではないな」

「蛇の次はサソリなんて、できすぎだしね」

天堂の鼻の絆創膏を見ながらレイは言う。

「何か意味のある組み合わせなのか？」

「蛇蝎《だかつ》の如くっていうでしょ。蛇とサソリは嫌悪の象徴、不吉な組み合わせなんだよ。まあ、今は所長の鼻がさらに倍に腫れあがる伏線にしか感じないけど」

ゾッとした天堂はおもわず両手で鼻を守る。そして男子児童らに訊く。

「抜け殻ということは、本体のほうは？」

大谷という男子児童のほうが首を横に振った。

「まだ見つかってないみたい。農園はけっこう広いんだ。ぜったい見つからないよな？」

「だよな。抜け殻もそんなに大きくなかったし。だから、サソリがまだいたら危険だからって、しばらくのあいだ、農園に入るのは禁止されてるんだ」

「一人だけは入ることができてたんだけどね」

伏し目がちにサナギが続ける。

「三年生になると農園学習があるの。この時期だと大根とかイモね。でも、そのサソリの一件で誰も入れなくなると、三年生がせっかく育てたものがみんなダメになっちゃうから、一人だけ先生が農園に入ってみんなの作物の面倒を見てくれていたんだけど――」

「じゃあ、この子たちの見た人影が、その先生ってことは？」

レイのあげた可能性は男子児童たちが否定した。

「それはないよ」

「その先生、おれたちのクラスの副担任の稲上《いなうえ》先生なんだけど、先週サソリに刺されて入院してたから」

それで騒ぎは大きくなり、警察や保健所の人が来て農園を一時的に封鎖。殺虫剤を散布していったが、しばらく様子を見るということで農園にはまだ入れないとのことだった。残念ながら育てている作物も廃棄されることになったという。

「先生の容体はどうなんだね？」

「学校休んでたけど、昨日から来てるよ。なあ？」

「来てる、来てる。さっきも見たよ」

「サナギくん、その稲上先生から少し話を聞けないかな」

えっ、とサナギが顔をこわばらせた。

「会うの？　稲上先生と？　あ、あー、うん、じゃあ、職員室に行って訊いてくる」

サナギの態度が天堂は少し気になった。

校内に入る許可を得た天堂とレイは、数十分後、保護者面談室で先生と向かい合っていた。

「稲上修一です。蝶乃さんのクラスの副担任をさせていただいています」

見た目は二十代半ば。痩せぎすでワイシャツのサイズが合っていないのか襟元がぶかぶかだ。見るからに気弱そうで、眠そうな厚い二重が彼を疲れた表情にしている。右腕が包帯で太くなっているのは、サソリに刺された怪我だろう。

「うちのクラスの大谷くんたちが大変ご迷惑をおかけしたようで――」

「迷惑なんてとんでもない。我々は今、別件である調査をしていまして、彼らはその件に関係があるかもしれない情報を提供してくれたんです。どうかその、親に連絡とか、お叱りとかは――」

稲上は笑って、

「大丈夫です。イタズラでそんなことをする子たちではないとわかっていますから。本当に怖い思いをして、誰にも相談できず、探偵さんのお力を頼ったんでしょう。それにしても」

稲上は隣に座るサナギを見る。

「蝶乃さんが探偵さんのお手伝いをしていたなんて、びっくりだな」

サナギは先ほどから俯いて何もしゃべらない。

どうもサナギは学校では優等生の部類に入る児童のようだ。小学生なので校則にバイト禁止はないだろうが、探偵事務所を手伝っているのが学校側にバレるのは彼女にとって不都合でしかないだろう。親にでも報告されれば、事務所に通うことを禁じられるからだ。

「サナギくんはホームページ作りに詳しいと聞いて、我々からお手伝いをお願いしたんです。なにぶん、わたしはパソコンというのが苦手でして。その、尾田くんも同じで――」

尾田少年は先に帰ってしまった。

黒マントに会ったらヨロシクといわれた。

「――彼は、かなり専門的な知識を持っているんで、たまに相談に乗ってもらうことがあるんです。いやはや、探偵としてお恥ずかしいことなのですが」

「とんでもない。子どもだからと大人との間に溝を作らず、その能力を認められるということは大変すばらしいことです」

この短い時間でのやりとりで天堂は、稲上は人間ができているという印象をもった。とても話しやすい空気をまとい、子どもたちへも優しい目を持っている。

「それで、お怪我のほうは。サソリに刺されたとお聞きしましたが」

「私は農園の担当で、あ、でも、教える方ではなくて」

農作業の指導は各クラスの担任の役割で、彼は農園自体の管理を任されているという。

「管理といっても、雑草を抜いたり、肥料を運んだり、畑が野生動物に荒されないよう、カラス除けや案山子を作ったりと肉体労働がおもなんです」

先週の放課後、三年生の畑周辺に雑草が伸びていたので一人でせっせと抜いていると、急にチクリとした痛みが指に走った。見ると抜いた草の裏にサソリがいた。サソリはすぐに逃げて草むらに入ってわからなくなったという。

「いや、この包帯は大袈裟なんです。少しだけ腕も腫れて膿みましたが、毒性がそこまで強い種のサソリではなかったようで、もう回復に向かっています。児童たちに注意を促しておきながら、なんともお恥ずかしいかぎりですよ。それに、私よりそちらのほうが――」

天堂の鼻を見ているので「これはまあ、はい、大丈夫です」と曖昧に返す。毒蛇に噛まれた後にネズミに噛まれた経緯を説明する時間も意味もない。

「実は、ある件で追っている者たちがおりまして、その者たちと、学校農園で大谷くんたちの目撃した黒い姿――黒マントと彼らはいっていますが――が関係あるかもしれないと思い、本日、こちらにうかがったのです」

「黒マント？　児童たちが噂している怪人ですか？」

はい、とレイがうなずく。

「でもぼくたちが探しているのは怪人じゃなくて、黒尽くめの人たちなんです。その人たちは、この町で夜な夜な――」

「レイくん」

調査情報は関係者以外に漏らすものではない。気をつけてくれよという呼びかけだ。

「ああ、えっと、すっごくヤバい人たちなんです。だから、サソリとかも飼っていても不思議じゃないかなあって」

「そんな人たちが……」

稲上の目が落ち着きなくテーブルの上をさまよった。

「そういう人たちが、この町にいるのは、すごく怖いですね。ましてや学校に侵入しているかもしれないなんて……でも、なんの目的で……」

「助手が脅かすようなことを言って申し訳ない。黒マントとの関係は、あくまで仮定の話なので。ところでお訊きしたいのですが、この学校に地下室のような場所はありますか？」

「――いえ？　聞いたことはないですが。それが何か？」

「我々の探している者たちが、そういう場所に集まっているという情報がありまして。いや、なければ――」

待ってください、と稲上は言葉を挟んだ。

「的外れかもしれませんが、実は少し気になることが」

サソリに刺される前夜だという。

帰る前に農園の様子を見に行くと、農園内から人の声のようなものが聞こえてきた。まさか児童が入り込んだのではと慌てて中に入って確認したが、どこにも人の姿はない。

だが、まだ微かにだが声のようなものが聞こえる。

その声が地面の下から聞こえてくるような気がして、ゾッとした。

「お恥ずかしい話、私は昔から怖がりでして、この時も怖くて、いてもたってもいられず、風の音がそう聞こえるんだと、無理やりそう思い込むことにしまして。ろくに原因も調べず、逃げるように帰ってしまったんです。ああ、教え子に情けない話を聞かれてしまったな」

そういって困ったような笑みをサナギに向ける。

サナギは居心地悪そうに、また下を向いてしまった。

「稲上先生、他にもご相談したいことが」

「なんでしょう。私にできることでしたら」

「今夜、農園を少し調べさせてもらえませんでしょうか。本来なら学校側に申請するものなんでしょうが、捜している者たちの関係者がどこにいるかもわかりません。もしかしたら、この学校にも——そういう状況なのです。ですので、他の先生方にも内密でお願いしたいのです。もちろん調査でシロと出ましたら、すぐ学校には事情を説明にまいりますので」

　わかりましたと稲上はうなずいた。

「怪我でしばらく休んでいたんで、提出書類がたまっているんです。今日は遅い時間まで学校にいますので、他の先生方が全員帰ったタイミングで連絡しますね」

「すみません。無理を言って」

「保健所のチェックも入りましたし、殺虫剤も使われたので農園内にサソリはもういないとは思いますが、念のため、気をつけてください」

※

　その夜、天堂とレイは小学校の裏門付近で待機していた。他の先生たちが出払ったら稲上が来て二人を校内に入れてくれる手筈になっている。

「レイくん、この案件、占いではどう出ている？」

「今朝、占ったのと同じ暗示が出たよ。黒の衣を追うもの、黒が集まる地の底、追う者が勝つ——ってね」

「レイくんはどう思う？」

「どうって？」

「わたしはちょっと、今回の調査結果に期待をしているんだよ。これまで、わたしが関わることを占った時、不吉な言葉は数知れぬほど君から聞かされたもんだが、『勝つ』なんてポジティブなワードを聞けたのは今回が初めてだからね」

「油断は禁物だよ、所長。タロットは同じカードが出ても、正位置と逆位置ってあって」

「逆位置？」

「絵柄が逆さまに出ることだよ」

たとえば『戦車』のカードは、どんな障害も乗り越えて目的に向かって真っすぐに突き進むというポジティブな意味だが、逆位置、つまり逆さまに絵札が出ると、暴走してコントロール不能になり、目的とは違うほうへと行ってしまうというネガティブな意味になる。

「だから、占いは出た暗示をそのままの意味で受け止めていいのかどうかは慎重な判断が必要なんだよ。モグリの占い師にはその辺をわかってない人も多くて、真逆の占いを告げちゃって後からクレームが入るってことがよくあるんだ」

「何かの暗示が出るというだけでもすごいことなのに、占いというものは奥が深いな」

「それよりさ、あの稲上って先生、ちょっと気にならなかった？　ぼく、あとでこっそり姓名と人相から、あの人のこと占ってみたんだよね」

まさか、と天堂がレイを見る。

「黒衣の一味だと」

そういうんじゃなくてさ、とレイは笑って。

「会った瞬間、思ったんだよね。所長と似てるって」

「え？　そうかぁ？　痩せてるってくらいだろ」

「見た目じゃなくて。まあ、不健康そうな感じとか顔色の悪さとかは似てたけど――あの人もかなりの不幸体質だよ」

ほお、と天堂が関心をしめす。

「第一印象から幸薄《さちうす》そうな感じはあったけど、サナギに聞いたらね、赴任してきて、学校集会で稲上先生が挨拶するって時、カラスの大群が空を通過して、鳴き声で先生の挨拶が何一つ聞こえなかったんだって。そのうえ、全校生徒の前でフンの集中砲火を受けて全身が真っ白になったって。他にも、職員室にハチが迷い込んできた時、先生だけ逃げ遅れて刺されたり、先生の給食に天井を這ってたアシナガグモが落っこちてシチューの中でもがき死んだり――不運な出来事にいろいろ見舞われているみたいなんだよ」

話の途中から天堂がちょっとにやけている。

「なんだろう。あの先生に急に親しみを覚えてきたぞ」

「同類相哀れむってやつだね。もちろん所長とは、月と爪垢くらい比べものにならないけど」

ヒヒッ、とレイが悪戯っぽく笑う。

「それでさ、今日のサナギの態度、なんか変じゃなかった？」

「やはり、レイくんも気づいてたか……」

「まあね。こういう系、ぼく敏感だから」

「わたしは責任を感じてるよ。サナギくんや尾田少年の学校での立場というものも少しは考え――」

「サナギってさ、やっぱり稲上先生のことが好きだよね！」

天堂は「へ？」という反応。

「いや、好きだったっていった方が正しいかな。だって今は間違いなく所長に夢中だからね。でも、所長と出会うまで、あの先生のことが好きだったんじゃないかな。てことは、四年生の前半とか？　さっきは、モト彼とイマ彼がバッタリみたいなチョ～気まずい顔してたし。サナギってきっと、不幸体質の男を好きになっちゃうタイプなんだよ。それか、枯れオジ路線？　それはそれで、幸せになれないオンナの人生街道なんだよなー」

天堂にはレイが何を言っているのかわからなかった。

「すみません、お待たせしてしまって」

稲上がペコペコ頭を下げながら走ってやってきて裏門を開けてくれた。

「他の先生方はみんな帰られたんで、校内にはもう私以外は誰もいません。ですから堂々と入ってゆっくり調べてください。それじゃ、私は職員室に戻りますんで」

「ご協力本当に助かります。防犯カメラにはしっかり映ってるはずですから、問題になる前に後日ちゃんと説明にうかがいますので」

学校農園入り口の鍵は稲上に開けてもらってある。

縦格子の門扉に手をかけると、「ごめん」とレイがいった。

「ぼく、この先には進めない。所長、悪いけど一人でいってくれない？」

「急にどうした？　君がそんなことをいうとコワいじゃないか」

レイの表情はサナギのゴシップをペラペラ喋っていた時とは打って変わって強張っており、お化け屋敷にひとり取り残された子どものようにビクビクしている。

「虫の知らせってやつだよ」

「うん、だから、何があった」

「だから、虫だよ、虫！　学校入った瞬間から、なーんか嫌な予感がしてさ、さっきこっそりぼく自身を占ってみたんだよ。農園には、ぼくにとってどんな出来事が待っているのかって。そしたらさ……、凶方位の五鬼《ごき》――つまり、ぼくにとって大凶の方角と出たんだよ！　ということはだよ、きっとこの方角には、ぼくの大、大、大っキライな、あの悍《おぞ》ましく、禍々しく、厭《いと》わしい、イヤらしい……ムシが待ち構えているんだよおおお！」

「シーッ！　シーッ！　いくら先生がいなくても近所から通報されたら調査失敗だぞ！　ああ、そういえば虫は、君の唯一の苦手なものだったな。だが、農園には殺虫剤をまいたと言っていたじゃないか」

「そんなのもう何日も前でしょ。やつらはすぐに、うじゃうじゃと湧くんだよ。ああ、なんで虫って虫なんだろう。イモムシのあの触れただけで潰れて汁があふれ出そうなぶよぶよの柔らかさ。機械みたいに感情のかけらもなさそうなセミやトンボの顔。蛾のバタバタと粉をまき散らして飛ぶ姿や、苦そうな内臓汁のたっぷり詰まったお腹。黒光りして油臭くて、たまにビラビラと飛んでくるG。とくに脚の多い系の虫は最悪だよ！　どうしてやつらは、ぼくらに嫌われるような容姿で生まれてきたんだろう。神様はなにをおもって彼らを創りたもうた。そうだよ。農園なんて虫がいっぱいいる場所じゃないか。こんな懐中電灯なんてつけたら、蛾やウスバカゲロウがワラワラと群がってくるじゃ――」

「わかった、わかったよ。レイくんはここで待っていてくれ」


天堂は一人で農園を調査することになった。

門扉をあけて一歩踏み込むと、冷たい土のにおいがする。

懐中電灯のスイッチを入れると、光線の中にさっそく蛾や羽虫が踊りこんでくる。

レイは大丈夫だろうか。

あの様子では虫一匹でるたびに大騒ぎしそうだ。

世に虫嫌いは多いが、あの恐れ方は普通ではない。

それに普段のレイは虫に対して、あそこまで取り乱すことはなかった。

あれはもう拒絶反応。

占いで出た凶方位の五鬼《ごき》というのが、よほど恐ろしい未来の暗示だったのだろう。

ブロックで囲われた畑があり、かまぼこ状に盛り上がった土に申しわけ程度に萎れた葉が、ちょんぼり生えている。畑の奥には雑草が生い茂っていて、すっぽりと雑草がなくなっている箇所がある。稲上はここで雑草を抜いている時にサソリに刺されたのだ。

左手奥に小屋のようなものがある。

屋根や壁がガラス張りなので温室のようだが、作物は栽培されておらず、シャベル、鍬や鎌、レーキといった農具、プラ製のプランター、陶製の植木鉢、じょうろなど、農作業用の道具の物置き場となっていた。

黒衣の者らが集まって何かをできるようなスペースはなく、地下室がありそうにも見えないが、念のため確認しておこうと中に入っていく。

温室内は土の地面ではなく板が敷いてあり、歩くたびに不安な軋みをたてる。

嫌な予感がしたので小屋を出ようと出口に体を向けた途端、右足が床板を踏みぬいた。慌てて前に踏み出した左足も床板を貫き、床板に口《くち》を開いたブラックホールに吸い込まれるように、天堂の姿は一瞬で温室内から消えた。


暗闇の中、全身に釘を打ち込まれたような痛みに天堂は呻く。

起き上がって見上げると、自分が落ちてきた穴が見える。温室のガラス屋根の向こうに夜空が見える。穴までの高さは三メートル弱というところか。

「床板が腐っていたのか。しかし、この空洞はなんだ？」

ヴヴヴヴヴ——猥雑な音が耳をかすめていき、天堂は大声をあげて振り払う。

足元に懐中電灯が光線を投げ出して転がっている。拾い上げて周囲をぐるりと照らす。

光を向けたところの闇が散らず、闇のままである。一歩踏み出すと、そこにある闇が不自然に拡散する、と同時に小波《さざなみ》のような音が響きわたる。ヴヴヴヴという例の猥雑な音も――。

天堂が動くたび、それらの音が動き回り、闇が落ち着きなくざわめく。

違う。闇ではない。

虫だ。

天堂が落ちたのは、大きな壺の中のような空間だった。

その内壁には、ムカデ、ゲジゲジ、ハサミムシ、ゴキブリ、サソリ、カマドウマ――無数の虫がひしめき合っていた。長い触角を激しく振る虫、無数の脚を素早く動かして移動する虫、硬い翅と薄い内翅を派手に広げる虫、黒光りする腹を蠕動させる虫。無闇やたらにトゲや針を有し、奇怪な文様を翅に刻む、見たことのない虫もいる。ヴヴヴヴとイヤらしい音を立てているのは、この空間の中を飛び回っているハチだ。

彼らは、ただ集まっているわけではなく――戦っていた
齧り、はさみ、吸い、ちぎり、刺し、喰らい合っている。

この地下では、あらゆる虫たちの異種捕食戦が行われていたのだ。

あまりにも悍ましい光景に叫び声をあげんと口を開いた天堂の頭上から、ぼとぼとと虫が雨垂れのように降ってきた。開いた口に容赦なく虫が雪崩のごとく注ぎ込まれ、虫どもは舌に噛みつき、歯茎や内頬に針を刺す。堪らず、這いつくばって吐き出そうとする天堂の背中に、拳大の虫の集合体がどさどさと落ちて散り、彼の服の中や頭髪の中に潜り込み、耳、鼻、体中の穴という穴に潜り込もうしてきた。

「所長、遅いな」

レイは虫が寄りつかないように懐中電灯はつけず、植物や土の地面も虫のテリトリーなのでコンクリートの地面がある校舎脇の壁際で小さくなって待機していた。

「何か見つけたのかな。でもそれなら何か合図を送ってくれそうなものだけど」

そういえば。

天堂にはまだ、死相が出ていたことを思い出す。

嫌な予感がしてきた。今ここで自分たちの運勢を占ってもいいが、水晶玉でもタロットでも明かりがなければ暗示も読み拾えない。でも明かりをつけた途端に虫が集まってくる。そんなことを言っている場合ではないのだが——。

いや。それよりも、すぐに天堂の無事を確認しにいったほうがいい気がしてきた。

「これで所長が屍になっていたら夢見が悪いもんなぁ……。うう、行きたくないなあ……あんな未来像《ヴィジョン》を視ちゃったからなあ……」

校舎裏へと移動し、開いたままの門扉の外から天堂を呼ぶが反応がない。覚悟を決めて入っていくが、一歩、一歩と歩を進めるごとに悪い予感が強まっていく。

「うわっ、ううわっ、あっちいけっ、こっちくんなっ！」

懐中電灯の光に集まる虫を追い払っていると叫び声が聞こえてきた。

天堂の声だ。やはり、彼の身に危険が迫っていたのだ。

「所長っ！　ぼくが行くまで生きてて！」

叫び声の聞こえてきた方へ駆けていくと今度は怒号が聞こえてくる。何かと闘っているのか。やはり、黒衣の者たちか。

そうかと思うと、ゲラゲラゲラと大きな笑い声――。

断末魔が聞こえてくる前にと歩みを速めると温室が現れる。

ガラスの扉が開いていて、室内の床板にあいた黒い穴が見えた。

マンホール転落常連者の天堂だ。間違いなくあの穴の下にいる。

「所長、助けにきたよ！　いま、そこから出してあげる！　待ってて！」

暗い穴の奥に向けて呼びかけ、ロープのようなものはないかと温室内を探していたら散水用のホースを見つけた。近くにある水道の蛇口に括りつけ、穴からホースを下ろす。

「いいよ！　上ってきて！」

すると、ホースがピンッと張った。天堂が掴んで上ってきているのだ。

暗い穴の淵に立ってレイは手を差し伸ばす。

すると穴の奥から手が伸びてきて――いや、かろうじて人の手の形をしているが、それは黒くてぼこぼことしている。

――所長じゃない!?

危険を察知したレイはゆっくりと後ずさる。

地の底から伸ばされた歪な黒い腕は温室の床板を掴み、穴から黒い本体を引き上げる。

頭も顔も腕も、真っ黒の化け物が、地上へと這い出ようとしている。

まさか、悪魔の使いの怪人・黒マント――いや。

穴から這い出てきてしまった黒い化け物は、ゆっくりとレイに歩み寄ってくる。

これは、ミニ水晶玉に映し出された未来像《ヴィジョン》で視た、レイにとって大凶の方角・五鬼《ごき》にいたモノ――。

人間サイズのゴキブリ。

尾田少年が見れば《コックローチマン》とでも名付けただろうか。

絶叫をあげたレイは逃げ出そうとした、が――。

「……レ……………」

化け物は震える腕を伸ばし、何かを伝えようとしている？

「レ……イ……く……」

「……うそでしょ……所長なの？」

「レ……イ……く……たす……け……」

「えええええーっ!!　マジでぇっ!?　なにその姿！　どうしちゃったの!?　なんでそんなことになっちゃったの!?　人の心は残っているのっ!?」

何があったのかゴキブリ人間と化してしまった天堂は、一歩、二歩とレイに歩み寄る。

一歩踏み込むたび、黒い身体がぶるぶると震え、黒いウロコがパラパラと剥落する。

顔から黒い塊がごっそりと剥げ落ちる。

そこから、お地蔵様のような表情の天堂の顔が現れる。

歩くたびに身体から剥がれ落ちる黒い塊は、地面に落ちると砕け、その破片はムカデやヤスデやカマキりになって散っていく。

天堂はゴキブリ人間になったのではない。

全身を何万匹もの虫に群がられているのだ。

「ぎ、ぎゃああああああ」

レイのあげた今日一番の叫び声に反応し、天堂の身体にしがみつき、くらいついていた虫が、ぼとぼと剥がれ落ちる。その背後からは、ハチ、その他、翅のある虫の大群が重低音の羽音を立てながら、まるで黒いオーラのように背中から広がっていく。

「レぇぇぇぇイ……ぐううウうん、だぁぁずぅぅげえでぇぇ」

腰が抜けて立ち上がれなくなったレイは、腕だけの力で這って逃げる。

迫ってくる天堂に、手近にある金属製バケツやじょうろを片っ端から投げつけた。

その一つが腫れあがった鼻に直撃し、短い叫びをあげた天堂はグラリとよろめく。

そして、ゆっくりと後ろに倒れ、また、穴の中に落ちていった。

レイはそこまで見届け、意識を失った。

※

鳥のさえずりが聞こえる。

ゆっくりと瞼をあげる。

最初にレイの視界に飛び込んできたのは抜けるような青空。
その空を一羽の鳥が横切った。
身体が冷え切っている。腕の肌は氷に触れていたように冷たい。
ここはどこ？　なぜ、こんな場所で寝ているの？
まだ朦朧としていて、記憶が混濁している。
「……昨日は学校に行って……農園で所長が……所長？　所長はどこ？」
起き上がったレイは天堂を捜した。
彼はすぐそばに立っていた。
朝日を背に立つ彼の身体には、もう虫は一匹もついていなかった。
だが、レイは見逃さなかった。
天堂の口から、トゲのついた虫の脚がはみ出ているのを。

Episode6　災の申し子

「ぜったいそれ、コドクだよ！」

興奮に熱を帯びた声が事務所に響きわたる、日曜の朝。

何万何億の虫が殺し合う地獄の底のような穴に落ちた——そんな天堂の話を聞いての尾田少年の第一声だ。彼にとってよほど心躍る話題だったようで、狂気的に笑む悪鬼の形相を描いた赤いお面が、血の通う彼の表情に見えてくる。

サナギに虫刺されの薬を塗ってもらっている天堂。その顔はイボガエルの背中のようにこまかい腫物が密集し、人の顔の原型を失っていた。

「たしかに、あれはコドクとの闘いだった……」

昨夜のことを思いだしているのか、天堂は目をつむる。

「あの漆黒の地獄の中、わたしはたった一人で……げぷっ」

「コドクはコドクでも、そっちの孤独じゃないからね、所長」

ソファに横たわるレイは、魂が抜けたような呆けた顔をしている。

「他にどのコドクがあるんだね、レイくん」

「皿の上に虫三つで『蠱《こ》』、猛毒の『毒』、それで蠱毒《こどく》だよ」

「そんな禍々しい字を使う言葉があるのか。しかしあれは、虫三匹どころではなかった。この世のすべての毒虫があそこに集まっているのかと思うほどの数がいた。ムカデにヤスデ、ハチにサソリ、たぶん、あの感覚だとノミやダニも何十億といたはずだ。有毒有害な虫どもが、布団をかぶせるみたいに、わたしに一斉に襲い掛かってきた。うぷっ。あれは、なんだったんだ」

呪術だよとレイは答えた。

「ぼくが知る限りもっとも悍ましい、中国に古くから伝わる呪術だよ」

「あの虫の集まりが呪術だと？　意味がわからないぞ」

「ジブンに説明させて！」

尾田少年が活き活きとウンチクを語りはじめる。

「蠱毒は、幸福を手に入れるための呪法なんだ」

まず、ありとあらゆる毒虫を集め、甕《かめ》のような容れ物に入れて封をする。それを土の中に埋めて、毒虫同士を共食いさせる。しばらくして甕を掘り出して封を開けると、底に一匹だけが生き残っている。それは、すべての毒虫の毒を取り込んだ《金蚕》《チンツァン》と呼ばれる最強の毒虫で、姿は蚕の幼虫に似るといわれている。

この《金蚕》を飼育し、そのフンを採取して飲食に混ぜる。それを食べた人間は即死。その毒された魂魄が呪術者に富を運んでくるようになるのだという。

「たしかに、あれは虫の巣などではなかった。あんなに違う種類の虫が同棲するはずがない。それに、やつらは共食いをしていた。だから、あれは君らの言うその蠱毒とやらなんだろう。げぷっ。しかし、小学校の農園の下に、なぜ、そんなものがあるのだろう？」

「それも気になるけど、ぼくが気になるのは――」

レイが他の疑問を投入する。

「まず、毒虫に死ぬほど刺されたのに所長が死んでない件ね。普通これだけ刺されたら、アナフィラキシー・ショック、六百回くらい起きてるでしょ」

「幸い死にはしなかったが、全身死ぬほど痒いし、死ぬほど痛いぞ。体内に卵を産みつけられていないかが心配だ」

「それと、あんなにたくさんいた所長に群がっていた虫が、一匹もいなくなっていたこと」

「あー、それはな――」

「あと！　ぺったんこだった所長のお腹が、なぜか今はぽっこり膨らんでいること！　それとさっきから、げぷっ、とか、うぷっ、とか言ってること！」

「他に方法がなかったんだ、ゲプッ」

「やっぱり、全部食べたんだね？」

そのレイの一言で、天堂に薬を塗っていたサナギの顔色が一瞬で蒼褪めた。

「なあレイくん。何億という奇怪な毒虫と一緒に、暗い穴の底に閉じ込められてみろ。正気でいることのほうが難しいぞ。やつらは寄ってたかって、このわたしにかじりつき、針を刺し、口や鼻の中に入り込もうとしてきた。だからわたしは、こう考えるようにした。ここにいる虫はすべて、『栄養』だとね。ほら、昆虫は栄養価が高く、食糧難を救うのは昆虫食だといって、近年では虫を原材料とした食べ物も売られるようになっただろう？　その観点で考えれば、虫に群がられるのは、栄養満点の分厚いステーキやエビフライや高級寿司が『食べて、食べて』と縋りついてお願いしてきているようなものだ。ならば、この状況は地獄どころか天国ではないのかと、まあ、発想の転換だよな」

「だよな、じゃないよ！　所長のそれ、完全にクレージーの発想だから！」

そういう発想も大事だぞと達観した口振りの天堂は、膨らむ腹を愛し気に撫でた。

「そうなると、虫どもが口の中に入ってくるのはむしろ好都合じゃあないか、となった。それまでは吐き出したり指でつまんで引きずり出したりしていたが、思い切り噛みくだいて呑み込んでやったんだよ。するとどうだ。これが、なかなかの美味ではないか」

蠱毒のグルメだ、とレイは思った。

天堂は続ける。

「実は、昆虫食はこれが初めてではない。空腹のあまり、バッタやカマキリをつかまえて食べたことは何度もある」

「カマキリはお腹にハリガネムシって寄生虫がいるからおススメしないよ」

尾田少年がいらん豆知識を入れてくる。天堂はまだ続ける。

「虫なんて、大きくてもせいぜい親指くらいのものだ。一匹二匹では当然、腹も膨れない。だから虫の巣でも探して、豪快に踊り食いしまくってやろうかとも考えたこともあったのだが、そんなわたしの身勝手な行為で生態系を狂わせるようなことになってはいけないと考え直し、今まで我慢していたのだ。だが、あの穴の中では遠慮などいらなかった。向こうだって、こちらを栄養にしようと食らいついてくるのだからお互い様だ。こうして、わたしはあの穴の中で積極的に毒虫たちを捕食していき、気がつくと穴の中で動いているのはわたしだけになっていたと、こういうわけだ」

「すごいよ、天堂！」

尾田少年の間違った賛美は一層、熱を帯びていた。

「毒虫たちとの闘いで独り勝ちした天堂は、最強の《金蚕》になったんだね！」

そうか、とレイはソファから起き上がる。

「所長がこれだけ毒をくらっても死ななかったのは、日常的にヤバそうなキノコやうんちのついた草を食べてるからだ。プラス、バイキンだらけのネズミや毒蛇に噛まれたりなんかしたことで、所長の体内に抗体ができていた。そこへ、たらふく毒虫を食べたことで、いろんな種類の毒や菌や寄生虫なんかを一気に取り込んだことも良かったのかもしれない。そうか。ぼくの占いは、ちゃんと教えていたんだね。『黒の衣を追うもの。黒が集まる地の底。追う者が勝つ』――黒が集まる地の底は、毒虫の集まる穴、追う者が勝つは、所長がみんな虫をたいらげて『虫キング』になるってことだったんだ！」

「おいおい、レイくん、わたしを虫界最強のように言わんでくれたまえよ」

虫の毒がいよいよ頭にまわってきたのか、天堂はまんざらでもない感じを出してきた。

「もぉヤダぁぁ、ねぇ、吐いてきてよぉぉ、天堂ぉぉぉ」

さすがのサナギも愛しの人の腹中に毒虫の死骸がみっちり詰まっているのはキツイらしい。泣きながら吐いてこいと懇願している。

「あ、そうそう。所長、死相も消えてるよ」

「おお、それは良かった。結局、なんだったんだ？」

「うーん、なんだろうな」

レイはタロットを並べながら続ける。

「今回の蠱毒の件って、所長が不運にも有害動物に連続で噛まれ、空腹貧乏でなんでも拾って食べる人だったから良い結果になったんであって、そうでなければ死んでいたかもってことだよね。つまり、所長の不運が、所長を助けてくれたってことなんじゃないかな。でもそうなると、あんまりぼくの占いで、所長に降りかかる災難を邪魔しちゃうのも考えものなのかもしれないね」

「でもほんと、なんでなの？」

サナギだ。

「なんでうちの学校にそんな気持ちの悪い場所があるのよ」

うんうんと尾田少年がうなずく。

「確かに奇妙だよね。天堂の話だと自然にできた空洞に虫が入り込んだって量でもなさそうだし。この町に野生のサソリなんて何匹もいるはずないんだ。となると、やっぱり誰かが故意に蠱毒を作っていた場所に天堂が落っこちたってことになるね。これってもしかして、ミステリーでスリラーなワクワクする展開ぃぃ〜!?」

「ふむ。騒動となったサソリも、あの穴から逃げ出したものだろうな」

サナギが不機嫌顔になる。

「稲上先生がサソリに刺されたのって、その虫穴を作ったヤツのせいなのね」

レイは並べたタロットを束に戻し、とんとんと整える。

「やっぱりな。なーんか、変な感じはしてたんだよね」

「どうした、レイくん」

「ここ数日、所長が見舞われた災難――黒衣のやつらに捕まる、ワシが頭に刺さる、外国産の毒蛇に噛まれる、で、今回の件も――たしかに所長が招いている災難ではあるんだろうけど、純粋な所長の不運じゃないというか、所長の不運体質から引き寄せられる、いつもの天然ものの災難とは、なーんか違う感じがするんだよね」

「災いに天然とか養殖があるのか」

「なんていったらいいのかな」

レイは伝え方に悩む。

「そう、おあつらえ向き過ぎるんだよね。ここ数日、所長に起きた大小様々な災難、全部ではないんだけど、起こる切っかけが、なんかわざとらしく感じるんだよ」

「わざとらしい災難。あまり聞かない表現だな」

「うまく伝えづらいんだけど、受難後の所長の相を見ると、いつもと違う感じなんだ。はいどうぞ、災難に遭っちゃってくださいって、事前に準備されていた感じがするんだよ」

「そんなこと、誰がなんの得があってするんだ」

わからないよとレイは首を横に振る。

「なんだろう、あからさまに罠を仕掛けて所長をひどい目に遭わしてやろうっていうんじゃなくて、所長の猛不運なら絶対に見逃さず拾うだろうって災いの種を誰かに蒔かれている感じというか。なんかうまく伝えられなくてごめん」

「だとすると、それを蒔いた者は、わたしの不運によほど信頼をおいているんだな」

「いや、逆だよ」

レイは完全否定する。

「所長の運の悪さをなめてるよ。あ、そうそう、こういうこと」

レイが指さしたのは、所長デスクに無造作に置かれているお札《ふだ》の束。

《金縛り強盗》対策として《ペラ屋》に依頼して作ってもらったものだ。

「なんでそれが、ここにあるのって話でさ」

「それは、あれだよ。幽霊がいないのなら、もう必要はないからと兼柴氏が返してきたのだよ。これも依頼料に入っているからと断ったのだが、どうしてもというんでね。阿久津兄妹に返して、いくらか支払いをまけてくれるというならありがたいが、そう甘くはないからな」

ほらそれ、とレイは天堂を指さす。

「こういうさ、なんだかトラブルの種になりそうなものが、今、所長の手の届く所にあるってのがもうね、できすぎなんだよ。だって所長は、なんにもなくたって勝手に転んでアタマかち割ってくるような人でしょ。こんなお膳立ては必要ないんだ。こんな自爆スイッチみたいなものがここにあること自体できすぎなんだよ」

うおおおおお！

尾田少年はお札を手に取り、昂り吠える。

「すごいっ、これ本物のお札だっ！」

「んもう、うるさいオタクン!!」

サナギは両手で耳を塞いだ。

「ねーねーっ、キョンシーって知ってる？　こう、ぴょんぴょん跳んで人を襲う死体のお化け。ジブン映画は全部見てるよ。こういうお札をさ、そのキョンシーの額にペタンと貼ると動きを封じれるんだよ！」

と話しながら、天堂の額に札をペタンと貼りつけた。

「あ」

レイのひと声。そして沈黙。

沈黙。

沈黙。

「レイくん？」

その声でレイはハッと我に返る。適当な紙とペンをとって、天堂の名前、生年月日、その他情報を書き出し、もう片方の手で電卓を叩く。

ペンを置くと水晶玉を手に持って目の位置に掲げ、玉を透かして天堂を見る。

「――所長、とってもまずいことになったよ。そのお札の力で、所長のなけなしの守護霊が、たった今、消滅したよ」

天堂は後ろをきょろきょろ見て、前に向き直る。

「わたしにも一応いるんだという事実に驚愕しているよ」

「いるじゃなく、いた。過去形だよ。今まで大して所長を守護できてはいなかったけど、それでもいないいよりマシ程度にはがんばってたんだ。なのに、さっきまで首の皮一枚で繋がっていたとしたら、その一枚がたった今、ブチッてちぎれた」

あっはっは。天堂は笑って、

「これがほんとの守護0《しゅごレイ》——とか言ってる場合じゃないんだな」

「言っときなよ。それが最期の言葉になるかもしれないけど。あ、ほら、そんなこと言っているあいだに
……ヤバ。《せいなんの相》が出た」

「水難？」

「せいなん」

「ああ、災難か」

「せ・い・な・ん！　星の災難で星難《せいなん》！」

なんだねその大袈裟な相はと笑う天堂の背中をサナギがばんばん叩いて、

「天堂！　見て見て、流れ星！　一緒に願いごと言おーよっ！」

「？　こんな朝から流れ星なんて見え——」

天堂はサナギを抱きしめる。

「えええええ⁉　うそっ、アタシの願いもう叶っちゃった⁉」と瞳を潤ませているサナギを抱いたまま天堂は窓の前から飛び退いた。その次の瞬間、ワシが飛び込んだ穴をガムテープで補修されていた窓が窓枠ごと砕け散り、ここにいる全員の鼓膜を爆音が麻痺させ、すべての音が消えた。同時に窓横の壁を突き破って、何かが飛び込んできた。

一瞬で巻きあがった白い砂煙は事務所内に充満して視界を奪う。

耳鳴りが支配する白い視界の中、天堂はみんなの名前を叫び呼んだ。

数秒後に耳鳴りがわずかに遠のくと、サナギや尾田少年、レイの咳込む声が聞こえる。

「みんな怪我はないか！」

「エイリアンクラフトからの攻撃!?　とうとう地球侵略が始まる!?」

「天堂ったら意外に情熱的なんだから〜」

「ぼくの水晶玉が割れたぁっ！　所長のクソ不運のせいだ！　弁償してよ！」

天堂は安堵に胸をなでおろす。

「みんな無事だな。しかし、なんなんだ今のは」

濛々と蠢く白煙の中に灰色がかった濃い煙が立ち上っている。その場所の床に丼サイズのくぼみができていて、中心に握り拳大の黒い石が埋まっている。

「石？　まさか、これは隕石か!?」

所長デスクの後ろの壁には大きな穴があいていた。

「なんてことだ。修繕費用が……」

レイは散らばった水晶玉の破片やタロットカードをかき集めている。

「ああ、もう、ぼくの商売道具が――あれ。これって」

レイは落ちているタロットカードを見ている。

「逆位置……『吊るされた人』……身動きの取れない状態……『ワンドの七』……不利な状況で苦戦を強

いられる……このカードは――」

そこには、天堂に降りかかる次の災難の暗示が出ていた。

「所長、油断しないで！　災難が畳みかけてくる！」

破壊された窓から白煙が外へと流れて薄まり、みんなのシルエットが見えてくる。

「レイくん、次に訪れる災難はなんだ？」

「次に来るのは――」

霧のような砂煙の中、天堂たちではない複数のシルエットが現れる。

「盗難だ」

レイは後ろから何かをかぶせられ、視界は闇に覆われた。

※

暗くて狭い、地下の一室。

そこに集うは、十二人の黒衣をまとった者たち。

彼らが囲んでいる台の上で、手足をベルトで拘束されているのは天堂だ。

今回は、猿轡《さるぐつわ》はされていない。

「どんなに恐ろしいアジトに連れていかれるのかと思えば」

天堂は首だけ動かして周囲を確認する。

「ずいぶん狭くてつまらない場所だな」

「それは失礼した。だが、どうか気を悪くしないでほしい。他が支部なら、ここは本部みたいなものなのでね。今日のような大事な儀式は、やはりここでやりたい――この『キャロル』でね」

口を開いたのは以前、天堂にナイフを突き刺そうとした男だ。天堂は声でわかった。

そして、もうひとつわかったことがある。

「まさか、あなたが首謀者だとはな」

言葉を向けられた黒衣の男は肩をすくめ、フードを脱いだ。

スナック『キャロル』の元オーナーであり、依頼主。日比野司《ひびのつかさ》。

彼に続いて、数名がフードを脱ぐ。

フィギュアコレクターの兼柴レイジ。

祭鳴小学校教諭、稲上修一。

そして、港湾区で聞き込みをした作業員もいる。

「《金縛り強盗》《ツチノコ爆弾騒動》《学校農園の黒マント》――すべて、あんたらが絵図を描いていたというわけか。目的を聞かせてもらえるかね」

「我々は、とても、とても、不運な人間の集まりなのだよ」

日比野は語る。

ネットにはダークウェブ、闇サイトといった深層領域がある。

アンダーグラウンドの住人は夜な夜な、素性の知れぬ顔の無い者たちと、表立ってできない情報の交換、取引、企てをする。法に触れることも当然する。

その領域には《nN――ネガティブ・ネットワーク》という裏SNSが存在する。ここは、持って生まれた運による悪戯で、失業、落第、倒産、離縁、挫折と破滅と絶望を味わい、自らをこの世で最も不運な人間だと信じる者たちが集まって、不平等で理不尽な社会を呪い、憎み、夜な夜なネガティブな会話を交わす場所。ここでは誰も慰めも励ましもせず、傷をなめ合うわけでもない。ただ淡々と延々と、不幸話と世を呪う言葉を吐き落とす掃き溜め。

黒衣の者たち――彼らは、この《nN》出身者だ。

「ここにいる者たちは皆、耳を塞ぎ、目を背けたくなるような、それは不幸な人生を送ってきた。とうに人生に絶望している人間ばかりなのだよ。たとえば、この兼柴レイジ――あなたは見ただろう。彼の特殊な力を。彼がこの力を自覚したのは小学生のころだそうだ」

未知の力を得た人間は、それを他者にも認めてもらいたいという願望が生まれる。兼柴レイジ、彼もそうだった。これまで見てきた漫画や特撮に登場する超能力を持つ主人公、彼らがもっとも深く描かれる場面は、自分の力を身近な者に明かす時だ。そんな場面が自分の人生に来たのだ。

彼はその力を友だちに見せた。羨望のまなざしや言葉を向けられることを想像して。

ところが、タイミングがあまりに悪かった。当時、超能力ブームを牽引していた世界的エスパー・スターが、週刊誌にすっぱ抜かれたのだ。その超能力はすべてトリックのある手品だと。だから世間はすでに、超能力=嘘つきのイメージになっていた。

兼柴は学校で嘘つき呼ばわりされ、友だちどころか、口をきいてくれる者が一人もいなくなった。その当時、兼柴の受けた精神的負荷は、彼の力に大きく影響した。緊張時、無意識にサイコキネシスを発動してしまうようになり、周囲に被害を及ぼすようになったのだ。だから彼は人と繋がることを完全に諦め、フィギュアとネット世界にのみ心を向けた。

「ただの趣味であったフィギュアが、気がつくと親であり、友人であり、恋人になっていたという哀れで孤独な男の物語だ。天堂さん、彼があなたに話したことはほとんど事実だよ」

「兼柴氏」

天堂の呼びかけにも、兼柴は感情の死んだ表情を向けるだけで何も返さなかった。

「レイくんがあなたを視た時に、志を共有できる人たちと出会っているといっていたが……この仲間たちの事だったのだな」

「無駄だよ。彼は、もうあなたとは喋らない。あの時は私の書いたシナリオ通りに動き、喋っていたにすぎない。実際はもっと無口でシャイな、フィギュアのような男なんだよ」

「シナリオだと？」

「そうとも。私がシナリオを書き、彼らはその演者だ」

「じゃあ、あなたも――」

天堂は稲上を見る。彼も兼柴と同じ。感情の皆無な面を下げている。

「稲上くんは、貧乏くじを引く天才なんだ。子どもの頃から、望まぬものにのみ選ばれてきた。席替えでは教卓のド真ん前。野良犬は彼の尻を選んで噛み、カラスは糞を落とすのに彼の頭を選ぶ。千人の中でたった一人だけ飴玉をもらえないとしたら、それは間違いなく彼なのだ。それゆえ、子どもたちを明るい未来へと導く教職という立場にありながら、『どうせこの世は不平等』と諦めている」

「サナギくんにはよく言っておかねばな。やはり、不運な男など好きになるもんじゃないと。それで、あんたらの目的はいったいなんなんだ」

「《nN》で語られている《伝説の存在》がある」


観測史上最大の超巨大台風とマグニチュード8・6の直下型地震が同時に襲い、さらに動物園の猛獣と護送犯が逃げ出した、天中殺の十三日の金曜日。

ネガティブネット界隈で『禍《まが》の災日《さいじつ》』と呼ばれる運命の日。

この日に生まれた《災の申し子》がいる。

彼が歩けば草木が枯れ、彼が座ればその地は毒される。

彼が息を吸えば世界中の赤子が泣き、彼が息を吐けば無数の老人が死ぬ。

彼が生きて鼓動を鳴らすだけで周りの人間は不運の沼に陥り、世界には不運という病が蔓延する。

彼の不運は他者だけでなく、自身をも蝕む。この世のあらゆる災いは彼を愛し、その身を切り裂き、骨を砕いて、傷口を腐らせる。どんな渦中にあっても彼が死なないのは、死神が気まぐれに生かしているだけにすぎず、生まれる前から死んでいても不思議ではなかった。

災いが孕み、災いが産み、災いに愛され、災いに殺される存在。

《災の申し子》――その名は。

天堂サイガ。

「ちがーう！」

天堂は異議を申し立てる。

「だから、そのプロフィールはいったい、どこから持ってきたものなんだ。わたしが呼吸するだけで町内の高齢者全滅ではないか。みんなピンピンしているぞ。第一、わたしの誕生日は九月二十九日だ。『くうふく』と覚えておきたまえ。まったく、どこで聞いたか知らないが、人の名前で勝手な伝説を作らないでくれたまえ。そして、わたしを即解放してくれたまえ。人違いで命を奪われたくはない。自分の不運が呼んだ事故で死んだ方がよっぽどマシだ」

日比野は眉を八の字にして首を横に振った。

「それは大きな誤解だ。われわれは、あなたの命を奪うつもりなど毛頭ない」

「言っていることが矛盾しているぞ。わたしを殺そうとしているではないか」

「殺す？　それは違う」

「ナイフで心臓をザクリとやるんだろ？」

ああそうだと日比野は認めた。

「天堂サイガ。あなたには、我らの神となっていただきたいのだ。神には肉体は必要ない。むしろ邪魔になる。だから、これからすることは、必要のない肉体から魂を解放するための儀式なのであって、断じて殺人行為ではない」

「神だと」

「そうだ。布施を要求し、ひれ伏す信者にのみ恩恵を授けるような不平等な神などではない。幸運、幸福、成功、成就、夢が叶う、そんな差別を生みだす原因を社会から駆逐し、あまねく平等に不幸を蒔く神だ。成功や幸せという言葉は、我々のような不運な人間を穴に蹴落とし、恵まれた人間だけを愛撫する。我々が望むのは、善人も悪人もない、どんな功績も犯罪歴も意味がない、誰が秀でているとか劣っているとかもまったく関係がない、フラットな世界だ。平等な世界を創るためには、すべての人類が同じ苦しみを味わい、同じ不幸に見舞われ、同じ病に侵され、同じ死を迎える。そうなれば、戦争も起こらない」

「ようは、自分たちが不幸だから、みんなも不幸になれってことか」

日比野は満面の笑みで頷いた。

「それが平等というものだろう？」

くるっている。日比野の絶望的な笑みに天堂は戦慄した。

「なぜ、調査依頼などというまわりくどいことをした？　これだけ頭数があるんだ。人ひとり攫うくらい簡単だろう？」

「試したかったのだよ。あなたが本当に、運命の女神に唾棄され、災厄たちに愛されているのかを。真の《災の申し子》なら、災いに運ばれて我々の元にやってくるだろうと。ふふ、しかしまさか、階段を転がり落ちてやって来るとは思わなかった。そこまでは良かったのだがな」

日比野の表情から、先ほどまであった余裕めいた笑みが消える。かわりに現れたのは、不快と苛立ちに皺《しわ》められた憎悪の面だ。

「邪魔が入るとは思わなかった。真の不運なら、あそこで救いなどやって来ない。たとえ、救う計画をしていたとしても、不運に遮られて失敗に終わったはずだ。運のない人間というのは、自分のいちばん望まぬほうへと運命の舵を切ってしまうものだからな」

「優秀な助手のおかげだよ」

「ああ。それは後で知った。だがどうも、彼女の占いの力だけではないらしい。彼女という存在がそばにいるだけで、あなたの運勢に好転の影響が及び、降りかかるべき災いから見逃されているようだ。厄介だと思ったよ。嘆かわしいと思ったよ。我々の神となるあなたの奇跡の不運を、台無しにしてしまっているのだから。おかげで、あの失敗であなたを疑うものが仲間から出てしまった」

「わたしを疑う？」

「本当に《災の申し子》なのかとね。だから、あなたがどれだけ不運であるかを彼らに見せつけねばならなかった。といっても、我々が災いをわざわざ仕掛けては意味がない。あなたの不運が、超自然的に災いを生み出す奇跡を信者は目の当たりにしなければならない。そこで、災いのトリガーとなりそうなシチュエーションを、できうる限りあなたの周辺にばらまくことにした。ダイナマイトのある場所に腹をすかせた毒蛇と鼠を放ったらどうなるか。地下の穴に毒虫をたっぷりため込んで蓋をしたらどうなるか」

「それが、あんたの書いたシナリオか」

そのとおりだと日比野はうなずいた。

「レイくんはさすがだな。彼女の覚えた違和感はまさにこれだったのだ」

「あなたは見事、我々の準備した素材を生かし、我々の想像以上の災いを自身が被ってくれた。いや、我々の準備など必要はなかった。何かが起きる種になればと、たいして期待もせずに返させた例のお札も、あなたの不運は見事、隕石落下という素晴らしく劇的な災いを引き寄せてくれた。しかも、我々があなたを頂きに参るという、そのタイミングで。あの我々の登場シーン、あたかも我々が用意周到に計画したような流れではなかったか。否。すべて、あなたの不運が作り上げたシナリオなのだ。わざわざ我々がお膳立てせずとも、あなたは自ら、我々の招く災難をはるかにうわまわる災難を呼び寄せることができる。やはり、我々の神となるべき御方だ」

「お褒めにあずかり恐縮だよ。ご期待には添えたということかな」

嘆息し、日比野は首を横に振る。

「いや、半々だ。あなたはたしかに運命の女神に見放されていた。面白いほど災難続きだ。胸が痛むほど不運な人だ。だがね、運命の女神があなたを見放しても、あなたを見放さない女神がそばいた——ヒン・レイ。あの女だよ」

「彼女が女神とはね。本人に伝えたらさぞかし喜ぶだろうな」

日比野は拘束台にナイフを突き立てる。

濁りのない銀色の刃が天堂の鼻をかすめる。

「なあ、われらの神となるべき男よ。少々、不公平ではないか？　我々には、そんな女神はいないのだぞ？」

憎しみに噛みしめた歯の隙間から、ククッと笑いがもれる。・

「だからあなたには、あなたにとっていちばんの災難を我々から捧げることにした」

「どういう意味だ」

「あなたの奇跡を邪魔する女神に、災難に遭ってもらうのだよ」

※

視界を塞がれていたレイは、声を上げて身をよじることしかできなかった。

隕石が事務所に飛び込んできた混乱に乗じ、何者らかが事務所に乗り込んできた。

そして、頭から布袋のような物をかぶせ、後ろ手に結束バンド、足をロープで縛ったのだ。

こんな真似をするのは黒衣のやつらしかいない。

サナギや尾田少年の喚く声が聞こえる。彼女たちもレイと同じ状態なのだろう。

——子どもをこんなひどい目に遭わすなんて。

レイは怒りに震えた。

さっきから呼びかけているが天堂の声だけしない。黒衣のやつらに攫われたようだ。タロットは、天堂が事務所から持ち去られることを暗示していたのだ。

「サナギ、尾田くん、落ち着いて。大丈夫だから」

「ねえ、天堂は⁉　天堂はどこなの⁉　アタシこわい！　早く助けて天堂！」

「うわあー！　なんにも見えない！　ダークマターだ！　わかったぞ！　某国が秘密裏に開発していたツチノコ爆弾の秘密をジブンらが知ってしまったから口封じに来たんだな！　それとも人類水中進化論と水棲原人の秘密についてジブンが気づいてしまったからか！」

たいしたものだとレイは感心する。二人ともパニック状態で自分の声は届いていないが、こんな状況にあっても、言っていることはいつもと同じでブレていない。放っておいても大丈夫そうだ。

それより天堂だ。

黒衣のやつらは、前回ぶち壊しにされた儀式を再開するつもりだろう。

この町は、彼を失ってはいけない。

何をしても運の悪さゆえにトラブルと失敗続き。自分の災難に他者をも巻き込むこともある、とっても迷惑な人間だけれど。

あの人は——天堂サイガという人は、自分の不運を棚に上げ、不幸に泣かされる他者を救いたいと本気で心の底から思っている。だから彼は探偵業を続けているのだ。自分が一番困っているくせに、困っている人を見過ごせない、生き方のヘタクソな男なのだ。

——ぼくが所長を助けに行かないと！

レイはイモムシをイメージし、身をよじりながら砂礫の上を這いずった。手足の拘束を解きたいが、少し動いただけで結束バンドが手首に食い込み、血が止まるのがわかる。無理すると皮膚をザックリいきそうだ。映画などでは後ろ手に縛られた手でナイフやガラス片でロープを切るシーンがあるが、あんなものは脱出イリュージョンのテクニックだ。

やはり、イモムシ移動で外へ出て助けを求めるべきか。でも扉は開いているだろうか。階段は下りられるだろうか。出た途端に車に轢かれないだろうか——。

「レイちん、それって無理ゲーだから」

この声は。

視界を奪っていた被り物をはぎ取られる。

ツートンカラー・ヘアのＪＫがレイの顔をのぞき込んでくる。

「ミルぽんんんんんんんんん」

「超絶タイミング～」

目に横ピース。干しタコをくわえた口がニッカリ笑む。

「どうして、ぼくたちのピンチがわかったの？」

ミルぽんの視線と干しタコの先端が窓の方に向く。隕石の衝撃波で吹き飛ばされ、ただの四角い穴となった窓の向こうを、ドローンがゆっくり上下に滞空している。

「ＤＧ《おじいちゃん》！　来てくれたの!?」

『ふぉっふぉっふぉっ。空を落ちていく火球を見たんでな』

ドローンからＤＧの声が聞こえてきた。小型スピーカーが内蔵されているようだ。

『はて、なんじゃろうと追いかけて落下地点に来てみたら、この有様じゃ。《情報屋》が駅前で『たぴ岡』とかいうカエルの卵汁《たまごじる》をすすっとったから、ここの映像を共有させて向かわせたんじゃや。そうそう、これを見とくれ。新たな改造《カスタム》じゃぞ』

ドローンの両脇がパカリと開くと、そこから折りたたみ式の二本のアームが伸び、五指を使ってダブルピースをした。

『どうじゃ、イカしとるじゃろ！　茹で卵の殻むきのような繊細作業も可能じゃ』

「おじいちゃん、イカすーっ、サイコーっ！　大好き！」

※

「貴様らぁ、レイくんたちになにをしたっ！」

目の前の男に掴みかかろうとするが、手足のベルトががっちりと食い込んでそれをさせない。暴れ、もがき、身をよじり、なんとかしてベルトを切ろうと試みるが、そのたびに自分がまな板の上の鯉ならぬ、祭壇の上の生贄なのだと思い知らされる。

「誓って言おう。彼女たちにはなにもしていない。ただ、あなたの事務所に爆弾をひとつ仕掛けさせてもらった。それくらいだよ」

「なっ、んだと……」

日比野は港湾作業員に目を遣る。

「ダイナマイトをもうワンセット、彼に盗んでおいてもらっていたんだ。ネットで時限装置の作り方を調べて——なかなかうまくできたよ」

日比野は腕時計を見る。

「あと五分もない。占い師さんたちは自力で脱出するのは難しいだろうな。なんとか工夫して手足が自由になったとして、それから子どもたちを助けて、などとちんたらやっていたら、あっという間に残り時間は数十秒。待っているのは全員爆死の結末だ。まあ、子どもたちを置いて逃げれば、占い師さんくらいは助かるかもな」

「日比野、貴様、それでも人間かっ！　――おい、さっきから黙ってそこに突っ立ってるだけのあんたら。子どもを犠牲にしてまで、そんなに目的を遂げたいのか。子どもはみんな、無条件で幸せになるべきなのに、あんたらの勝手な理屈で平等を強いて、不幸にするというのか。なあ、あんたはどうなんだ？　まがりなりにも、あの子たちの先生だろ！」

感情の色が皆無だった稲上の顔に、動揺とも見てとれる変化があった。

「サナギくんは、あなたのことを慕っていたんだ。あなたもわかっていたはずだ。あの子はわりとストレートに想いをぶつけてくる子だからな。あなたを慕ってくれる子どもたちを、あなたは、あんたらは、自分勝手な都合で不幸にするのか？　いいかげんにしろ!!」

怒りで心が壊れそうだった。だが、自分が怒ったところで誰も救えない。

今の自分ができることはそう多くはない。限られている。

「はやくやれ」

天堂は日比野に向けて言った。

「何をしている。さっさとそのナイフでわたしの心臓を刺して、神でも生贄でもなんにでもしろ。その代わり、レイくんと子どもたちを今すぐ助けに行け」

「断る」

「なぜだ、それが目的なんだろ」

「あなたには、あなたにとってもっとも辛い不運を経験してから逝ってもらったほうが、我らの神としても箔がつく。それに――」

日比野は腕時計に目を落とす。

「もう、なにをしても間に合わない」

天堂はこみ上げる怒りを嚙み殺す。

奥歯が砕けそうなほどに。

負の感情に支配されるな。まだ、最悪の瞬間は来ていない。

災難は自分に到達してからが災難だ。

そう自分に言い聞かせて。

大きく深呼吸をし、努めて冷静に声を抑える。

「レイくんなら、大丈夫だ」

「――いま、なにか言ったかね？」

「レイくんはわたしと違って運がいい。あんたらが画策した、そんなクソ最悪な、クソ運命な最期なんて迎えない。きっと、あんたらの期待を裏切って、彼女に迫っていた危機は嘘だったかのように消えさり、状況は好転、子どもたちとともに無事脱出するはずだ」

「どうしてそういえる？」

根拠はなんだと日比野は訊く。

「言ったろう？　彼女はわたしと違って運がいいと」

「それだけで、爆弾からも生き延びると？」

ああ、生き延びるね。

天堂は言い切った。

※

事務所内は薄く白煙の霞がかかっている。

壁の破片と、割れたガラスやタイルが散らばっている。窓側の壁と所長デスクのあいだの床には隕石がめり込み、いまだ細い煙を立ち昇らせていた。

ミルぽんは眉毛カット用のハサミでレイの両腕を縛る結束バンドを切った。

「あー、手首ちぎれるかと思った。ほんと助かったよ、ミルぽん」

「いあいあ～♪　どういたしま～。ま、今回は《観察者》のお手柄だけど」

二人の頭上をドローンがホバリングしている。

『ふぉっふぉっふぉっ、町の異変にいち早く気づくのも《観察者》の役目じゃからな』

「恩に着るよ、ＤＧ」

サナギと尾田少年もレイ同様、手足を拘束され、黒い布袋を頭からかぶせられて床に転がされていた。

「天堂っ！　助けて天堂っ！」「これは陰謀だ！　秘密結社の陰謀だ！」と大騒ぎしながら、とれたてのエビみたいに床の上を跳ねている。

「あとは自分でやるから、ミルぽん、二人をお願いしていい？」

「かしこま～」

レイが自分の足のロープをほどいていると、ドローンが目の高さまで下りてきた。

『黒衣のやつらか？』

「うん。所長が攫われた。すぐ追いかけないとまずいんだ」

『ワシは上空から観察しておく。町に妙な動きがあればすぐに伝えよう』

それだけ言うとドローンは窓から上空へと飛び去った。

レイはテーブル下に転がっている水晶玉を手に取る。三分の一ほど欠けてしまっている。服の裾で砂埃をよく拭い取るとテーブルに置いて両手をかざす。

「ぴえん。レイちんの大事な玉が割れちゃってるじゃん」

後ろからミルぽんが覗き込んでいた。

「いいんだよ、これは安物だし。それに、ほんとはガラス玉でも水を入れたコップでも、透明なものならなんでもいいんだよ。水晶を使ってるのは特別感があるってだけで、重要なのは使う人間の感覚《センス》だからね」

「レイ！」

サナギと尾田少年が箒《ほうき》や虫取り網を持ってやって来る。

「アタシの天堂がさらわれたんでしょ！　早く取り戻しにいくわよ！」

「敵は謎の秘密結社なんだって？　潜入するんだよね⁉　ジブンも行くー！」

尾田少年はそのまま教祖にまで昇りつめそうだが。

「ダメ。少年探偵団は待機。今から所長の居場所を占うんだから静かにしててよ」

キイイイッ!!　サナギの金切声が響きわたる。

「なにさ、エラそうに仕切らないでくれる!?　今ごろ天堂はアタシとはなればなれになって寂しさで泣いてるはず。だから行って安心させてあげたいの！　アタシたちの関係に口出ししないでよ！　泥棒ネコ！」

「ぜったいジブンを連れて行った方がいいよ！　『黄金の夜明け団』『フリーメーソン』『イルミナティ』『星の智慧派』、どの秘密結社の教義本も読破してるし、すでに脳内入会も済ませてるから！」

レイは両手でテーブルを叩く。

「所長が本気でヤバいんだ。だから君たち子どもの遊びに付き合ってる暇なんてないんだよ。集中できないから、二人とも邪魔するならあっちいって」

おとなしくなった二人は、それぞれの定位置――尾田少年は自分の本を並べているファイル棚の前に。サナギはレイの向かいのソファでノートパソコンの前に――に移動した。

「あらら、レイちんマジ切れ」

「別に切れてはないけど」

いや、切れてたか。でも今は一刻も早く天堂の居所を占わなくては、今この瞬間にも――。

「つーかレイちんさ、今からなに占うって？」

「所長が連れてかれた場所。早く捜してあげないと黒衣のやつらに生贄にされるんだ」

「えええええー!?　ちょいちょいちょーい!!」

ミルぽんが、びっくりした顔をする。

「なに？　やめてよ、ミルぽんまで大きな声出して。今は集中させて」

「なにじゃないし！　こわっ！　いるじゃんっ、ここに！」

「えっ？」

「えっじゃないし！　いるよ!?　あーしが！　プロフェッショナルが！」

「――あ、ああっ」

天堂の居場所を捜すのには情報がいる。

今あるのは、『どこかの地下の空き室』という手掛かりから作ったリストだけ。だが候補が十六件もあって全部が商業区なら捜索はいくらかまだ楽だが、居住区にも候補が五件ある。ここから一つに絞るのは難しい。

でも、ミルぽんの情報収集力を借りれば――。

「お金、出世払いでいい？」

「いや、さすがに今ゼニとらないし。おじさん拉致られてんだよ？　あーしだって空気くらい読むし！」

「じゃあ、今すぐにおねがい！　《情報屋》!!」

「かしこまり～！」

スマホの画面の上をミルぽんの親指が踊り、そして消えた。

手のひらに収まる端末の画面から、目に見えない何百何千もの糸が広がって町中の情報記録機器に接続。

ネットワーク化。探偵事務所周辺の防犯カメラから、拉致のあった犯行推定時刻範囲の映像データを圧縮化して入手。ミルぽんのスマホ画面上で全ファイル展開し、十五件の防犯カメラの切り取り動画から、黒いワゴンが事務所前に到着し、車内から複数の人間が出てくるところまで確認。そこから車の逃走ルートを防犯カメラのデータで追いかけながら特定。ここまで六分弱。

「ゲッチュー！　レイちんに送ったよ～！　――レイちん？　どうしたの？」

レイは欠けた水晶玉を見ていた。何かの暗示が出ようとしている。

占いの多くは、何らかの答えや導きを求めるため、こちらから問いかける。それに対する暗示が現れるのだ。だが、レイはまだ水晶玉に何も問いかけていなかった。

このようなことは初めてではない。以前にも数えるほどだがあった。そしてそれらの暗示が示していたのはいずれも、レイの記憶に今も深く刻まれるような悲劇と惨劇の暗示だ。

そして今、水晶玉の中には二色の色が交互に現れていた。

筆先についた絵の具を水に溶かした時ように。

黒色が水晶の中で溶け広がり、次は赤色が溶け広がり、これを繰り返す。

そして、黒色を背景に何かが形を結びだす。

――数字。

まるでデジタル表示のように『0：33』と出て、すっと消える。

そうかと思うと『0：32』と現れ、またすっと消える。

だんだん数字が減っている？

これはカウントダウン？

——まさか。

「あれ？　あんなのあったっけ？」

その声に振り返ると、尾田少年がファイル棚の上を見上げている。収納部分ではない棚のてっぺん、天井との間の四十センチほどの空間。その場所には段ボール箱がのせてあったはずだが今はそれがなくなっていて、代わりに奇妙なものが置かれている。

数本の筒状の物体をテープでひと括りにしたもので、それには緑色の基盤にICチップなどのついた半導体がとりつけられている。この物体からは赤や緑や黄色のコイル状のコードが伸びており、それらと繋がった黒いディスプレイには赤色のデジタル数字がカウントダウンしていた。

実物は見たことがなくとも、この外観の物体は映画やドラマや漫画の中で見たことがある。間違いない。

これは——。

「時限爆弾だ！」

叫ぶと同時にレイができたことは限られていた。まず、カウントされた残りの時間が『0：13』——十三秒であると確認。背伸びしてそれに手を伸ばしていた尾田少年の腕を掴んで、棚から引き離すこと。そして、棚のすぐそばのソファに座って不貞腐れた顔でノートPCを見ているサナギの腕も掴んで、そのまま事務所のドアへとまっすぐに走ることだ。

ミルぽんに声をかける余裕がなかったが、時限爆弾だと叫んだし、自分のとった行動から、《情報屋》なら一瞬で分析して、とるべき行動——つまりドアにまっすぐ走るという行動をとっているはず。とっていてほしい。ここまでで三秒は費やしているので、残り十秒。

大丈夫、それだけあれば扉を開けて階段を半分くらい下りることができる。そこまでいけば、事務所内で起きた爆発の爆風を直で受けることはない――と思いたい。

だが、今はまだドアにも辿り着いていない。急に進行方向とは逆方向に左腕を強く引かれ、レイは進む勢いを殺される。サナギが何かに足をかけてつまずいたのだ。レイの手もすでに離してしまい、０・５秒後には床のうえに転倒する。

幸い、ドアはミルぽんが開けていた。だからそこに右手で掴んだ尾田少年を投げるように放り込んで。

レイはサナギの上に覆いかぶさった。

※

ドンッ
鈍い爆発音が聞こえた。

「狼煙《のろし》が上がったぞ！」

日比野が、十一人の黒衣の者たちに向けて言った。

「これでもう邪魔は入らない！　我らの宿願は果たせる！」

祭壇の上で天堂の心臓は内側から突き破らんばかりに打ち鳴らされていた。

探偵事務所との距離を考えると、今の爆発音はかなり大きい。

事務所内にレイやサナギや尾田少年がいたなら、三人とも――。

「……いや、レイくんたちはきっと無事だ、きっと」

強張った表情の天堂を見下ろし、日比野は満足げに笑む。

「どうだね。幸運の女神を失ったいま、もうあなたの不運を邪魔する存在はいない。あなたは今、最大の不運を味わっているはず。それだよ、その絶望を世に広めるんだ。さあ、その肉体を捨て、この世に災いの雨を降らせる祟り神となるのだ。幸運な者、幸福な者がひとりもいない、平等にフラットな不幸が広がる世界を創るのだ」

振り上げたナイフが、天堂の心臓にふり下ろされた。

天堂は目をぎゅっとつむった。

――が、切っ先は刺さる寸前でぴたりと止まる。

「そうだ。《災いの申し子》よ。あなたに聞いてもらいたい」

「もう懺悔をしても遅いぞ」

「なにひとつ後悔はしていないよ。そうじゃない。この集まりを統べる私という人間が、どれだけ不幸な人生を送ってきたのか、知りたいでしょう？　せっかくなので、あなたに聞かせて差し上げよう。聞くも涙、語るも涙の壮絶な残酷人生物語を――私、日比野司は四十五年前、この祭鳴町の貧しい家庭に生まれた」

彼は子どもの頃から歌うことが好きだった。アイドルになりたい。そんな夢を抱いたのは中学時代。

その夢は日に日にふくらみ、夢を叶えるために高校卒業を待たずに上京。

しかし、上京一年目で持病の喘息が再発、歌手になる夢を断念。バイト先で知り合った女性と交際が始まり、その直後に彼女から英会話教材セットを三十万で購入、契約後に彼女とは音信不通。この時点ですでに借金が百二十万あった彼は、返済と生活のためにバイトをいくつも掛け持ちしていたが、無理が祟って身体を壊し、安定を求めて就職。しかしそこはブラック企業。毎日十三時間労働で当然、残業はサービス。ほぼ毎週休日出勤。陰湿な上司のハラスメント行為でストレスにより胃に穴があき、身に覚えのない発注ミスの責任を取らされて理不尽な減給処分。心身ともに疲弊しているところに、両親が交通事故に遭ったとの知らせが入る。すぐに帰ったが彼の到着を待たずして二人とも逝き、その後、ブラック企業を辞職。祭鳴町に住む父方の叔母の経営するスナック『キャロル』で働くが、叔母の入院をきっかけにスナックの経営を引き継ぐこととなる。やがて、ホステスとして働く十歳年上の女性と結ばれ、結婚。娘を授かる。スナックは夫婦で切り盛りするも、不景気により経営悪化。生活のために妻はスーパーのパートに出ることになったが、パート先のお得意客と不倫関係となり、ある日、家を出ていった。彼は娘を育てるために一生懸命に働いたが、年ごろになった娘は母親が出ていった理由は父親にあると考え、金髪クソ野郎と金髪でもないのに呼ばれて毛嫌いされるようになり、娘もある日、家の金を持って帰ってこなくなった。それでもいつか妻も娘も帰ってくると信じていたが、風の噂で娘は出ていった母親と、母親の新しい男と三人で暮らしていると知る。スナックの経営もますます悪くなって借金もかさむばかり。家賃を支払えなくなり、先々月にスナックは閉店。といった悲惨な人生を歩んでいますよとＳＮＳで書いたらコメントの一部が大炎上。今の唯一の楽しみはアリの巣に水を流し込むこと。

日比野は後半、泣きながら話していた。

「――夢破れ、汚染された社会に翻弄されながらも必死で生きてきた。だが、家族との幸福な暮らし、穏やかに老後を過ごすというささやかな願いも叶わない。残されたのは借金だけ。幸福は平等に、万人に与えられるものなのではないのか！　なぜ！　私はこんなにも！　不運な目に遭わねばならないのだぁ！」

ここで大号泣。

「何度聞いても壮絶だ」

「さすがマスター、我々の不運などまだまだだ」

「この話を超える不幸話は聞いたことがない」

見ると他の黒衣の者たちも肩を震わせて泣いている。

この場で笑っているのは天堂だけだった。

「――何がおかしい」

「なんだ。まさか、わたしに泣いてほしかったのか？　これが笑わずにいられるか。こんな大掛かりなことをするくらいだ。どんなに不運な人生を送ったのかと聞いてみれば。なんだ、あんたたちは、たったそれだけのことで、世界でいちばん自分たちが不運だと思っていたのか。自分たちが最底辺だと決めつけていたのか。聞いて呆れる。片腹痛い。どれも、どこかで聞いたような不幸話、その詰め合わせというだけじゃないか。不運にオリジナリティがないのだ。あんたたちは、ただ自分の不運に酔っているだけだ。不運の星の下に生まれた自分という主人公を演じたいだけなのだ」

「ぬ、ぬぁんだとぉ……私の不運を愚弄するのか」

日比野の顔は怒りで赤黒くなり、額に血管が浮き出る。

テッパンの不幸話を笑われてそうとうお冠だ。

だが、黒衣の者たちからは意外な声が上がる。

「この男、大したものだぞ」

「うむ、マスターの不幸話を聞いて涙を流すどころか笑うなんて、きっと我々とは比べ物にならない不運な人生を送っているからこそ込み上げた笑いなのでは？」

「そうよ、この男はやっぱり《災の申し子》で間違いないわ」

どうやら、《災の申し子》としての株をあげてしまったようだ。

望む流れではないが、中途半端に引くほうが悪い結果になる気がした。ならば――。

「あんたらには何度も言ったが、まったく届いていないようだからもう一度言う。わたしは確かに天堂サイガという名だが、《災の申し子》とやらではない。あんたたちの知る天堂サイガの不運な人生は、ネットロアの一種、インターネットの生んだ闇のフォークロアだ。ネットの海で語り継がれる経過の中で、あんたらの理想とするドラマチックな不運が盛り込まれていった、実在しない天堂サイガの人生だ。わたしをあまり、舐めないでいただきたいものだな。現実《リアル》の天堂サイガの不運は、あんなものではないぞ」

黒衣たちがどよめく。

セリフだけ聞いていると、祭壇に拘束されて手も足も出ない男の言葉だとは誰も思わないだろう。

「ご自身の不運によほど自信があるようだ。《災の申し子》には、そうであってもらわねばな」

日比野は冷静を装っている口調だが、まだ額に血管を浮かせている。

「だとしてもだ。私の人生を嗤ったことは許されるものではない」

「なぜ笑ったのか、教えようか」

「聞かせてほしいね」

幸せだからだよと天堂は言った。

「まず、結果はどうあれ、あんたは人生の中で女性と交際し、妻を持って、一児をもうけている。これだけであんたは勝ち組だと言いたいね。だって、いくらか幸せな時間は得ているはずだから。いいかね、世の中には一度も異性の呼吸圏内に入ったことがない、それくらい縁のない人もいるのだ。嫌いな相手と交際も結婚もしないだろう？　恋愛もしたのだろう？　好意を抱いた相手と楽しい時間を過ごしたのだろう？　我が子が生まれた日はどうだった？　その時は人生最良の日だと感じたのではないか？　結婚できたという事実は、少なくとも愛されていた時期もあるのだし、クリスマスも誕生日も一人で過ごしたわけではないのだろう？　アルバムに並ぶ過去の一シーン一シーンをも、あなたはすべて不幸だったと言い切るのか？」

黒衣たちがざわめく。

自分たちのリーダーが実はリア充なのではという疑惑が生じたのだ。

だが、さすがは不運者たちを束ねる首魁。余裕の笑みで、こう返す。

「それは、切り取りだよ。そこだけ見れば、幸せ、そう見えるかもしれない。だが、この幸せがあるからこそ、その後の不幸が生きるのだよ。この幸せがなければ、英会話教材をローンで買わされた話や、不倫されて相手に妻を奪われただけでなく、娘まで持っていかれたという話は生まれない。幸せであればあるほど、後に起こる不幸をより鮮やかに彩るのだ」

不幸が生きるとか不幸が鮮やかとか、よく意味がわからない。

「切り取りでもいいではないか。その瞬間だけでも幸せがあるなら。アルバムの一シーンができるのだから。わたしは今まで生きていて、結婚、恋愛、誕生、その類の幸福イベントが起きたことなど一度もないぞ。およそ幸せに類する人生の出来事は、ことごとくわたしを避けていくシステムになっているらしい」

「くっ、結婚も恋愛も本人の意思によるものだ。自らの選択ではないか。幸せなイベントのチケットを買わなかっただけ。それは不幸・不運ではなく、自ら選んだ道ではないか」

「たしかに、選択はしている」

「ほら、それでは純粋な不幸・不運ではないではないか」

「日比野、あんた、百円を拾ったことはあるか？」

日比野は勝ち誇った笑みを浮かべる。

「いいや、一度もない。一円もな」

「――そうか。わたしはある」

「んん？　すまん、天堂サイガ、聞こえなかった。もう一度いってくれ」

「わたしは、百円を拾ったことがある」

「――そうか。そうか！　ぐわははははは！」

完全に勝ち誇った笑い。

「なんだ。天堂サイガ、あなたは十分、運がいいではないか。《災の申し子》が聞いて呆れる」

「なあ、立場めちゃくちゃになってないか？　そっちが勝手に言いだしたことだろうに。まあいい。これには続きがあるんだ。人は百円玉を拾ったら『ラッキー』と口をついてでるだろう。だが、わたしがもし百円でも十円でも落ちているのを見つけてしまったなら、そんな浮かれた言葉など一切出ない。喜びよりも先に、わたしが覚えるのは――」

　恐怖だよ。

　天堂は百円拾得譚とは思えぬトーンで続けた。

「その百円は、けっして恩恵などではない。災いのスイッチだ。明らかに運命の仕掛けた罠ではないか。わたしが百円を拾った後、どうなったか。詳しい経緯は省くが、翌日、アリゲーターに半身を食われかけたよ。その百円のせいでな。そして、その百円は百円でもなかった。子ども銀行から発行された、よくできた玩具の百円だったのだ。それを気づかずに使ってしまったわたしは、お縄を頂戴したわけだ」

「――バカな。百円を拾ったはずが、百円ではなかっただと。では、百円など拾ってはいないではないか」

　だから運命の女神の罠なんだよと天堂は自嘲する。

「日比野、運命の女神は、わたしに百円硬貨一枚も与える気などないのだよ。まあ、わたしも天から降ってきた金など受け取る気はさらさらないがね。当たり前だが、勤労で得た金がいちばんだ。運に左右されることのない、働いた分だけ入って来る対価だからな。まあ、その勤労さえ与えてもらえない現状だがね」

　黒衣たちは沈黙していた。

　ここにいる男の人生を耳にして、自分たちの不運があまりに矮小に感じ、恥じているのだ。

　だが、日比野は納得がいかないようだ。

「ふざけるな。なにが百円が子ども銀行だ。それこそ、子供だましの不運不幸ではないか。わたしの大長編不運物語は、都落ちあり、借金あり、不倫あり、炎上ありの不幸のオンパレードなのだぞ！」

天堂は、やれやれとため息をついた。

「あんたは、なにもわかっちゃいない。いいかね。天堂サイガの不運は、この〝物語〟が始まった時から、すでに始まっていた。そして今この瞬間も、天堂サイガの不運は続いている。わかるかね。天堂サイガが今、どれだけ不運な出来事に遭っているか」

「――こうして我々の計画に巻き込まれ、金にもならないことに時間を費やしているということか」

「論点が違う。さっきから聞いていると、あんたらの『不運物語』の主人公は、そこまで不運ではない。真に不運な主人公というものが、どういうものかを教えてやる。これをほどきたまえ」

「なんだと。ばかを言うな」

「逃げようってわけじゃない。ただ、本当に不運な人間というやつを、あんたらに見せて、屈服させてやろうというだけだ」

「――面白い」

日比野が顎で合図すると、数名の黒衣が天堂の手足を拘束するベルトをはずす。

天堂は起き上がって手首をさする。

「さあ、天堂サイガ、真に不運な主人公とやらを教えてくれ」

「ああ。だがその前に。わたしはレイくんのような占いはできないが、ひとつだけ、未来に起こることを予測しよう」

「なんだ？」

「来客だ」

ドガッとドアが勢いよく開いた。

「動くな！　警察だ！」

黒衣の者たちがどよめく。

警察は入ってこない。入ってきたのは一人の若い女性。

上は袖口の太い中華風な民族衣装、下は黒のショートパンツ。

アシンメトリーボブ、褐色の肌、中性的な顔。

天堂探偵事務所探偵助手兼占い師ヒン・レイ。

「おまたせ！　所長」

レイは足元に落ちている天堂のパナマ帽を拾うと祭壇へ歩く。

黒衣たちは慌てた様子で左右に分かれ、そのあいだをレイは悠々と通る。

「はい」とレイに渡されたパナマ帽を受け取ると、埃をはたいてからかぶる。

「レイくん、やはり無事だったな」

「もちろん。で、この人たちが例の。おやおや、何人か見覚えのある顔があるね」

稲上や兼柴は顔を背ける。

「いったい、どうやって――」

日比野は忌々しげにレイを睨みつけていた。

「わあ、日比野さん、どうしたの？　ちょっと見ないあいだに悪そうな顔つきになっちゃって。どうやってって、あの爆弾のこと？」

よいしょっとレイは祭壇に腰掛ける。

「間一髪のところで救われたんだよ。ある犠牲によって」

「えっ⁉」

天堂がこわばった表情をレイに向ける。

「犠牲って……だれが……」

「町を観察していた、ぼくのお友達のドローンが事務所の異変に気づいて、間一髪のところで時限爆弾を持っていってくれたんだ。そのドローン、腕があってピースもできるんだよ。で、爆弾は上空で爆発。ドローンはバラバラになっちゃった」

天堂はほっと胸をなでおろした。

「犠牲はＤＧのドローンか。あー、賠償が大変だな。請求は日比野に、かな」

「もうすぐ警察がここに来る。おっと、裏口から逃げるのは止めた方がいいよ。闇社会の住人の《赤鬼》と《癇癪姫《かんしゃくひめ》》を外に待機させてるから。どっちも血の気が多い怪物だよ」

そうっと裏口のほうへ移動していた数名の黒衣が足を止めた。

《赤鬼》と《癇癪姫》は尾田少年とサナギだなと天堂はすぐにわかった。

「あ、それでね、日比野さん」

レイに呼ばれて日比野がビクンと肩を震わせる。

「今頃、ぼくの仲間が日比野さんの自宅のPCから、検索履歴やら購入履歴やらメールのやりとりからダークウェブへの侵入痕跡なんかを調べてるよ。年貢の納め時ってやつだね」

眩暈でもしたのか、日比野はふらっとよろめいた。

大方、「もう終わりだ……」と絶望でもしているのだろう。警察へ提出《だ》されたら一発でアウトの情報《もの》が出てくるはずだろうから。だが、まだ甘い。その〝仲間〟ならもっと徹底的に敵を〝ひんむく〟。待っているのは並みの「終わり」ではないはずだ。

「で？　所長、なんか話の途中だったんじゃない？」

そうだったそうだったと天堂は笑った。

「このままエンディングの流れかと思ったよ」

「どうぞ続けて。警察が来るまでいくらも時間はないけど」

天堂はジャケットの襟を正し、ネクタイを直しながら、先ほどレイが作った黒衣たちのあいだの通りを歩く。

「ええと、天堂サイガがどれだけ不運で恵まれない人間かという話の途中だったな」

「へぇー。そういう話してたんだ。所長の不運っぷりの話ならぼくは退屈かな」

「いや、今から話すことはきっと、レイくんも驚くんじゃないかな」

そういって天堂はジャケットの内ポケットから、スマホを取り出す。

「えっ⁉　所長、スマホいつの間に持ったの？　あんなに、あれは上流階級《ハイソ》の人間が持つものだって頑なに持とうとしなかったのに」

天堂はどこかに電話をかけ、

「ああ、わたしだ。カメラにしろ——事情は後で話す。わからない？　ああ、受話器のマークがあるだろ。そこをタッチするとカメラのようなアイコンが出る。そう、それだ。そこをタッチすればいい」

そこでスマホの画面をレイや日比野に見えるように向けた。

画面いっぱいに、人の鼻が映っている。

「おい、もう少し顔からスマホを離せ。近すぎて鼻しか映ってないぞ」

『ああ、すまない、どうもこういうのは使い慣れなくて』

どこかと繋がっているライブ動画。

聞こえてきた声にレイは「え？」という反応をした。

『やあ、レイくん。えっと、そちらの黒い服の人は初めましてかな』

画面の中にも、天堂がいた。こちらはジャケットではなく寝間着姿で壁の白い部屋にいる。

『あー、わたしはよく状況をわかっていないのだが、えーと、これは今どういう——』

「どういうことなの？　所長」

レイはスマホをこちらに向けているほうの天堂に訊ねた。

「君の上司の天堂サイガは、こっちだ」

と、スマホの画面を指でコツコツとたたく。

「彼は二カ月前、特価セールのコーヒー豆を買いにスーパーへ行く途中、車にはねられた。祭鳴総合病院に現在も入院中だ。今、病室にいる彼とライブカメラで繋いでいる。彼には、わたしのスマホを貸している」

「所長が二カ月前に入院⁉　……え？　じゃあ」

カメラを切ってスマホをポケットに戻すと〝天堂〟は帽子をとって頭を下げる。

「長い間、騙してすまない、レイくん」

「あなたは——《ダイバー》⁉」

天堂の姿をした人物は、天堂の顔で天堂のように笑う。

「いかにも。わたしは《ダイバー》のテケリだ」

《潜入者《ダイバー》》

闇社会の住人の一人——どんな人物にでも姿を変えることができるだけでなく、声、癖、性格までも完全にコピーして本人と入れ替わる潜入のプロフェッショナル。

幼児から巨漢の外国人レスラーまで彼になれない人間は存在せず、某国の大統領として四年間、国を動かし、世界的トップモデルとしてファッションショーのランウェイを歩き、死刑囚として刑務所で六年間を過ごすといった実績を持つ。

素顔、本名、年齢、性別、何もかもが不明。《ダイバー》とみられる「入れ替わり」は七十年前から確認されていることから、《ダイバー》は一人ではなく組織だというのが定説だ。

その正体は人間ではなく、地球外生命体ではないかと囁く声もあるとかないとか——。

「所長が入れ替わっていたなんて、まったく思いもしなかったよ。だって、ぼくは何度もあなたのことを占っているんだ。運の悪さもまったく同じだったよ。まさか、所長の相まで完コピしちゃうなんてなぁ……ねぇ、テケリって、やっぱりエイリアンなの？」

人の相は一人一人が違っていて同じものはない。

相とはその人物の年輪であり、過去と未来を刻む、偽造のできない身分証明証だ。

その相を完全にコピーできれば、その人物の運命もコピーできる――というのは普通の理屈では通じない。《ダイバー》のみに適用できる考え方なのだ。

「どうだね。わたしはちゃんと宇宙一の不運な男になれていたかな？」

「完璧だよ、テケリ」

レイは親指を立てるハンドサインを突き出した。

「さて、と」

テケリは日比野たちに顔を向ける。

「今、一分ほど会ってもらったカメラの向こうの人間、彼こそが、あんたらが神にしたてあげようとしていた男――天堂サイガ本人だ。つまり、さっきのが初登場だ」

「……待ってくれ……話が見えない……」

日比野の混乱は、他の黒衣たちにも伝染していた。とくに天堂に直接会って話していた兼柴や稲上は、もう無表情でいられなくなっていた。

「私たちが会っていたのが、本物の天堂サイガではないなんて――」

「不運な男だと思わないか？」

テケリは黒衣たちに言った。

「あんたらが脚本を書いたこの物語に、天堂サイガはほとんど関わっていない。主人公はラスト直前、映像の中にのみ現れ、セリフを二つ三つ言っただけ。この後も彼が出てくることはない。あの一分ほどが最初で最後の登場シーンだ」

スマホの着信音が流れる。

ポケットからスマホを取り出したテケリは、無言でマナーモードに切り替えると、またポケットに戻す。

「今のぜったい所長からだよね？」

レイの問いかけに笑みで返したテケリは、黒衣たちに問うた。

「どうだね。こんな不運な主人公を、あんたらは見たことがあるか？　この町で起きた一連の事件は、あんたらが天堂サイガを主人公として書いたものなのに、本人の出番は一分もないんだ。大したメッセージもなかった。平等な世界といっていたが、あんたらは彼レベルの不運な人間にまでなれるのか？」

日比野は膝から崩れ落ちた。

エピローグ

『隕石落下に謎の空中爆発、そして、夜な夜な怪しい儀式を行っていた黒づくめのカルト集団！　いやぁ、祭鳴町って、本当にデンジャラスでミステリアスな町ですね！

このカルト集団、メンバーの中には小学校の先生までいたっていうんですから、ほんと世も末です。

おっと、お時間が来てしまいました。今日の「サイナラジオ」はここまで！

本日もわたくし、お耳の恋人ＤＪ・ＭＵがお届けしました！

明日もまた同じ時間に会いましょう！

それでは、祭鳴町から、サイナラ、サイナラ、サイナラー！』

※

「おはよう所長！　はい、届いてたよ」

レイは、本日届いた三つの封筒を所長デスクに置いた。

天堂はそれらを渋い顔で手に取る。

「ごくろうさん」

――ううむ。とうとう、この日が来てしまったか。気が重いなぁ……。

えーと、この達筆な筆字の『請求書在中』はＤＧだな。

開ける前からもう請求せんとする迫力がすごいぞ。しかも、ぶ、分厚いな……ううあああ！　高ぁっ！　やっぱり、そうか。あの破壊されたドローンの代金、探偵事務所《うち》持ちになってるんだ！　あれって、うちの責任かぁー？　なんなんだ、このゼロの数は……。

で、このシールをベッタベタに貼られた封筒、蛍光ブルーのペンで書かれた『せーきゅーしょ』、間違いなく、ミルぽんだな。さてと、金額のほうは……。

おっ、おおえええげええええっ……。

こんなファンシーな感じなのに金額えぐいなっ！

はあ……呼吸が苦しい。ゼロの数がわたしを殺しに来る！

それで、このなんにも書いてない封筒はだれからだ……はあ？

『不幸の手紙』だと!?

ったく、だれがこんなものを事務所のポストに投函したんだ！

まにあってます！　こちとら、もう十分に不幸だよ！　不幸おすそわけしてやろうか！

「どうするの？　所長」

レイは所長デスクに頬杖をつく。

絶望的な請求額に視線を落としながら。

「あーあ。成功報酬をあてにしてたのに、依頼人が全員逮捕だもんね。これじゃ一銭も入ってこないよね？」

はいってこないよなあ。

天堂は魂が抜けたような顔で答える。

「はいってこないよなあじゃないよ。危機感薄いなぁ。彼らへの支払いが滞ると、ほんとヤバいんでしょ？　もし、支払えなかったりなんかしたら、どんな目に遭わされるやら……」

大方、想像はつくよという天堂。

「まず、最低下劣な加工をほどこされた、わたしがダブルピースをしている画像、そして個人情報が全世界に一斉送信されるだろうな。その後、勝手に臓器の売買契約をさせられ、何の説明もなくロボトミー手術を受けさせられる。あとはドローンで毎日、ＤＧの綴った詩集『脅迫草紙』が届けられる」

「ＤＧだけ追い込み方の毛色が違わない？」

「なあ、レイくん、これみんな、どうしたものだろう」

「いやあ、払うしかないのでは？」

「だよなぁ」

天堂は頭を両手で掻きむしりながら「ああああ金がないいい」と嘆いた。

「天堂～！　あ、えっと、マイダーリ～ン」

サナギがソファでちょいちょいと手招きしている。

「ホームページに調査依頼が何件かきてるわよ～！」

「なに、本当か？　渡りに船！　よーし、バリバリ仕事をして負債をきれいにするぞ！　さて、どんな依頼が来たのかな。どれどれ」

ノートパソコンをのぞき込んだ天堂は、煙たそうな顔をした。

「あー、だめだ、だめだ。サナギくん、全部丁寧に断っといてくれ」

「えー、なんでぇー？　せっかくのお仕事なのにー」

「そうだよ、所長。えり好みできる立場と状況じゃないでしょ」

「こういうのではないのだよ」

天堂はしょぼくれた顔を横に振った。

「だってどれも探偵の仕事ではないだろう？　見たまえ。『河童を捕獲してください』『コックリさんのメンバーが足りません』『未来から来た未来人の話し相手になってください』――百歩譲ってコックリさんはまだいい。メンバー足りないとか知るかとは思うが、まあ、まだいい。だが、どこの国の探偵が河童とか未来人とか、そんな与太話みたいな依頼を真面目に受けている？　いや、与太話じゃないんだろう。この町のことだ。河童も未来人も本当に住んでいるんだろうさ、最悪なことに。そんなヤツラと不運なわたしが関わってみろ。想像しただけでもトラブルの臭いしかしないだろ。この手の調査案件は、もう懲りた。どうせ今回みたいな結果になる。もっとこう、ないのかね。未解決事件とか、密室殺人とか、謎のダイイングメッセージとか、大怪盗の挑発的な犯行予告とか、探偵が大活躍できるような素敵な依頼はないのかね！」

「目を覚ませ！」

レイは上司を一喝。

「夢ばかり見なさんな！　よそはよそ！　うちはうち！　天堂探偵事務所は、逃げたペット探しから除霊で悪霊退散まで、なんでもやらないと」

「わ、わかったよ……それじゃあ、うーん、河童、いっとくか」

「なになに⁉　河童ぁー⁉　河童ならジブンも一緒に行く！」

それまで棚の前で黙々とオカルト資料を読み耽っていた尾田少年が敏感に反応し、奇怪なお面をかぶった顔を天堂にズズイと寄せてきた。

「河童はいいよ！　河童はロマンだよ！　手足の水かき、頭の皿、ヌルヌルの肌！　水辺に棲むとされるこの水棲人型生物は、日本中に伝承があるくらいメジャーな存在で、カワコとかガラッパとか呼称も色々あって、地域によっては、ゆるキャラになったり、グッズ化もしてたりして地域活性化に貢献してたりなんかするんだよ！」

「そ、そうなのか。へぇ」

「でも本物を相手にするんなら、ちゃんとした準備が必要だよ。とっても危険なヤツラだからね。漫画やアニメのイメージでコミカルなキャラクターのイメージがついてるけど、河童の本性は人間を水に引き込んでお尻から手を突っ込んで内臓を掴んで引きずりだして――」

「わかった、わかったから、尾田少年。少し落ち着いて、ゆっくり話してくれ」

河童のウンチクをマシンガンのように放ちながら、ぐいぐいと奇怪なお面が迫って来る。天堂は降参するように両手をあげて、苦笑いをレイに向けた。

「あ、そういえば所長、気になることがあるんだけど――」

「ん、なんだね」

「ぼくが今話してる所長は、本当に所長？　あなたはだれ？」

天堂は笑むように少し口角をあげた。
「わたしは――」

おわり

Episode0

《黒衣の者たち》騒動の二カ月前の某日。

その悲劇は起きた。


目覚まし時計のアラームが鳴り響く。

止めようとスイッチを叩く手が何度も空振りしてテーブルを叩き、四回目で止める。

「んん……おはようございまーす」

レイが眩しそうな顔で目をこすりながら、ソファからのっそりと起き上がる。後ろ頭が寝ぐせで爆発したみたいになっている。

「おはよう、レイくん」

窓際に立つ天堂は、ブラインドに指を入れて隙間から射し込む朝日を顔に浴び、目を細めている。昔の刑事ドラマに出てくるボスのようだ。

「所長、いつも早起きだね」

レイは大きく伸びをする。

「なにも早起きしたくてしているわけじゃない。空腹で起きてしまうんだよ」

「哀しい目覚めだなぁ。もう朝食はとったの？」

「いや、このとおり、まだ食事中だが」

このとおりと言われても、どのとおりなのか。レイは首をかしげた。天堂の手はサンドイッチもおにぎりも持っていないのだ。デスクにも書類が置いてあるのみで、朝食らしきものは一切見当たらず。山羊なら喜んで書類を食べるんだろうが。

「えっと、食べたってことだよね？」

「君もわからんやつだね。食事中といっただろ。ほら」

ほらと言われても、彼はただブラインド越しに朝日を浴びているだけで――。

「あっ、光合成？」

ふぅ、と天堂はため息をつく。

「さすがに、光だけでは腹は満たされんものだな」

「それで満たされたら仙人だからね。消しゴムでもなんでもいいから食べなよ」

いや、と天堂は首を振った。

「探偵の朝は、一杯の苦いコーヒーがあれば十分だ」

そういって給湯スペースに入っていった。

「十分じゃないから光合成してたわけじゃないのかな」

天堂探偵事務所は、所長である天堂サイガの職場兼自宅である。

所長デスクと椅子が彼の生活スペースであり、食事、睡眠、読書、大概のことはこのスペースの範囲内で済ませている。怪我をした際の治療場でもあり、事務所に常備されている救急セットとは別に彼のデスクの引き出しには、包帯、絆創膏、止血帯などが大量にストックされている。

ソファとテーブルのある応接スペースは来客用の空間であるが、来客時以外はレイのテリトリーとなる。彼女はこのソファで寝起きし、このテーブルで占いをする。そのため、テーブルには日常的に使う水晶玉やタロットといった占い道具が置かれている。また応接スペースはサナギのワーキング・スペースでもある。彼女はここでウェブサイトの管理、依頼受付、スケジュール管理といった作業をノートPC一台でこなしているのだ。

狭いながらもシャワールームもあり、生活する分に苦はない。

とくに給湯スペースは天堂にとって欠かすことのできない大切な憩いの場である。

パーテーションで区切られた、人ひとりギリギリ通れるくらいのスペースに、シンク、カセットコンロ、キャビネットがあり、天堂は一日に何度かここでコーヒーを淹れる。

「淹れたての味と香りを想像すると、もう愛おしい。さて、始めるか」

天堂はコーヒーの淹れ方、喫《の》み方にこだわりがある。

愛用のコーヒーミルは年季の入った手回し式。丁寧に、丁寧に、豆が砕ける感覚をハンドル越しに感じながら挽く。粒度《メッシュ》は苦みを強めるため、できるかぎり細かく。途中、幾度か挽く手を止め、豆の香りを楽しむ。早く飲みたいからと手を急がせないことが大切だ。彼にとって、この時間もコーヒーを喫んでいるのである。

当然、ドリップにも時間をかける。最初は染みこませる程度に湯を一、二滴、垂らす。某相棒の刑事のように高い所から湯は落とさない（あれは紅茶だが）。ドリップポットは粉に近い位置から落とすほうが柔らかな香味が出る。中心から外側に、渦を描くように。気をつけるのは、粉の端には注がないこと。そこから湯が抜けて抽出のバランスが崩れてしまう。

香りは少しも逃さない。数滴落とし、湯がコーヒーの粉に浸透していくのを見つめながら、その香りも楽しまなくては通とはいえない。数滴垂らし、くんくん。数滴たらし、くんくん。これを四十分ほど繰返して抽出したコーヒーはすっかり冷たくなっているが、これを愛用のマグカップで口に運ぶときは至福のひと時なのである。この天堂作コーヒーをレイは一口飲んで「カニの食べない部分の味」と評していたが。

「おや、そろそろ豆も少なくなってきたな。確か、スーパーのチラシで特価セールの対象商品になっていた――よし」

午後、天堂はひとりでスーパーへ向かった。

その道中、たまたま歩いていた野生のイノシシに突き飛ばされ、走行中の自動車の踏み弾いた小石が頭に直撃するなどして死にかけるが、なんのその。チャチャッと慣れた手つきで止血し、天堂は歩みを止めない。なぜなら、特価セールは明日までなのだ。

とはいえ出血多量。ふらふらと歩いていたからか、行き倒れ寸前と間違えられているのか、天堂の頭上を無数のカラスの群れがハゲワシ《ヴァルチャー》並みに集まって旋回している。

なんの、なんの。これしきのこと。いつものことだ。

歩行者用信号が青に変わり、天堂は鼻歌を歌いながら歩きだす。

「ん？　なんだ」

柔らかいものを踏んだ気がして立ち止まると、大きなチューブの瞬間接着剤である。踏んだことで中身の接着液剤が飛び出て、もう片方の足で液溜まりを思いっきり踏んでいた。

「おいおい、勘弁してくれ」

足を上げると太い糸を引く。せめて横断歩道を渡り切ろうと前に進むが、数歩で足が動かなくなる。強い粘着力が靴底を掴んで地面から離れなくなったのだ。

なんとか引き剥がそうとしていると信号が点滅しだす。

「まずい、これはまずいぞ」

靴を脱いで逃げればいい、という考えは早い段階から頭にはあった。だが、靴を捨てて逃げれば、不運な自分のこと、ロードローラーがやってきて靴はぺしゃんこにされるだろう。天堂は靴をこの一足しか所持していないのだ。かといって靴を見捨てねば自分がぺしゃんこにされてしまう。

「いや、ここはアピールで、どちらの被害も回避だ。わたしがここにいることをアピールし、車に止まってもらえばいい」

とかやっているあいだに、軽自動車が向かってくる。

天堂は横断歩道の真ん中で大きく両手を振り、止まってくれと合図する。が、大きく派手な動きを見せようとして地面にくっついた靴に足をとられ、前のめりに倒れてしまった。

その瞬間、空を旋回していたカラスたちが一斉に降下してきた。

ようやく力尽きたと判断したのだ。

空から降って来る黒い集団は軽自動車の視界を遮った。

怪鳥の鳴き声のようなスリップ音が響いた直後、鈍い衝撃音がした。

カラスの羽が黒煙のように舞い上がる箇所から、砲丸投げの砲丸のように飛んでいく天堂と複数のカラスたち。数メートル先の自販機に衝突して落ちると、その衝撃でおかしくなった自販機が缶コーヒーをガランコガランコと大量に吐き出す。天堂は缶コーヒーの山の下敷きとなった。

※

祭鳴総合病院。

リノリウムの床にカツカツと打ち鳴らされる靴音。

通り過ぎていった人物を女性看護師がふり返る。

「あれ？　今の人って今朝、救急で運ばれてきたばかりじゃ――」

パナマ帽に薄っぺらのジャケットを羽織った痩身の人物は、靴音を響かせながら病室に入っていった。

「そっくりな双子の兄弟かしらね」


病室のドアが開く。

痩身の男は、戸口に肘で寄り掛かってニヤニヤと笑う。

「よう。天堂サイガ。元気かね」

「これが元気に見えるなら眼医者に行きたまえ——天堂サイガ」

病室には二人の天堂サイガがいた。

一人は、戸口に立つニヤけた天堂。

もう一人はベッドで全身を包帯でぐるぐる巻きにされた痛々しい姿の天堂。

「さすが、闇社会の住人は耳が早いな。《ダイバー》——テケリ」

「クックックッ。お前は相変わらずミイラ男より包帯姿が似合う男だな。真っ白なヴードゥー人形のようだぞ」

「ほっといてくれ」

そっぽを向きたいが全身を固定されているので難しい。なにしろ今の天堂は、生身の部分が出ているのは左目だけで、全身包帯で巻きぶくれしている状態だ。

「天堂サイガ、闇社会でもお前の動向は注目されているんだよ。耳を塞いだって情報が入ってくるんだ」

「おちおち怪我もしてられんということか。で、なにか用か？」

テケリはスツールに座ると、見舞いだよとフルーツの入ったバスケットを床頭台《しょうとうだい》に置く。

「それは気を遣わせたな。では質問を変えよう。なぜ、わたしの姿で現れた、テケリ」

「誰かの姿を借りるのは趣味でね——というのは冗談で、お前が困っていると思って来てやったのさ」

「話が見えんな」

「その怪我では、いくら回復が早いお前でも、しばらくは入院だろう。リハビリ込みで全治二カ月というところか。その間、探偵業はどうするつもりだ？　あの占い師のお嬢さんと、少年探偵団に任せるのか？」

天堂はムゥと眉間に皺を刻む。

「テケリ、わたしに成り代わろうというのか？」

「退院するまでな。ただでさえ経営難なんだ。業務に穴を開けるのはお前も厳しいだろ？」

「勝手なことをされては困るな。金はない」

クックックッ。

テケリは首を横に振った。

「そんなことは百も承知だ。金は別にいい。かわりに天堂サイガの物語を少しだけ頂く」

「わたしの物語だと？」

包帯の隙間から覗く眼が大きく見開かれる。

「お前がやるべきはずだったこと、お前が出会うはずだった人間、お前が出遭うはずだった事件や降りかかる災難も何もかもすべて、天堂サイガとして対応し、受け入れる。天堂サイガの人生という物語の主人公を、少しの間だけ、演じさせてもらうのだよ」

テケリは天堂とまったく同じ顔に笑みを浮かべながら続けた。

「《ダイバー》は、どんな人間にもなることができるが、最終的にはその仮面を剥がさなくてはならない。そして仮面を剥がしたら、誰であってもいけない。そこには無がなくてはならないのだ。無貌の存在であるからこそ、《ダイバー》は誰にでもなれる」

「なあテケリ、元々のあんたはどんな人間なんだ？」

「自分の顔や性格なんて、とうに忘れてしまったよ」

と、テケリは肩をすくめる。

「自分という顔も仮面の一つなのだからな。つねに自分以外の誰かでいなくてはならないのならば、せめてドラマチックな人生を歩めそうな人間の人生を演じたい」

ドラマチックねぇと天堂は力なく笑う。

「……なあ、気になったんだが。今わたしの目の前にいるテケリは、以前に取引したテケリと同じテケリか？」

やや、沈黙があって。

テケリはスツールから立ちあがる。

「それより、わたしが天堂サイガになる件だが」

天堂はチラリとフルーツを見る。

「わたしなら、こんな高級フルーツは買わないがね」

「買えない、だろ。取引成立後、そこも徹底するよ」

やれやれといった目でテケリを見た天堂は、

「テケリ、やっぱり、これは趣味だろ？」

クックックッ。

テケリは笑った。

あとがき

皆様、この度は『災難探偵サイガ　探偵の史上最悪の災難』をお読みいただき、ありがとうございます。著者の黒史郎と申します。

普段はホラー作品や実話怪談、妖怪、クトゥルー、変な民話、昭和の児童向け怪奇書籍や怪奇玩具などについて書いたり喋ったり呟いたりしている人間です。

『災難探偵サイガ～名状できない怪事件～』では脚本と、キャラクター・世界観の設定などを担当させていただきました。

本作はその「名状できない怪事件」後のエピソードとして書いたものです。

といっても、ストーリー自体にそこまで繋がりはありません。ゲームから遊んでもらってもいいですし、小説からでも大丈夫だと思います。

ぼくは、キャラクターの色が濃い物語を書く時、まず主人公たちの居る世界から創ります。主人公とその仲間たちがちょっとアクションしただけで何かが起きそうな、そんな仕掛けや罠だらけの舞台が望ましく、作品内では使わないような部分まで、細かく作り込んでいきます。

今回は「災難だらけの不運な探偵」を主人公にした場合、書いていて楽しい舞台ってなんだろうと考えていたら、祭鳴町という町が生まれました。人々が普通に平穏に暮らしているこの町には、普通に平穏に暮らしている人たちにまじって、すごい能力を持った闇社会の住人がいます。ぼくは、こういう異能職のキャラを考えるのが好きです。何年か前に角川で『幽霊詐欺師ミチヲ』という小説を出していまして、この作品にも「幽霊関係」の裏の職人のような人たちを登場させましたし、おおぐろてんさんとご一緒させていただいた創土社の『童提灯』でも「子どもで提灯を作る」という特殊な職業が作品の柱となっています。

高い能力を持つあまり、社会の闇に潜り込まざるを得なくなった人たちという設定に魅力を感じてしまうのですね。

そして、祭鳴町には、怪しい謎の組織がウロウロしています。UMAやUFOもちょくちょく目撃されますし、幽霊妖怪といった怪しいモノたちも暗躍しています。ただ、本物とウソと勘違いがごっちゃになっていて、どこまで本気なのか冗談なのか、よくわからない町なんです。

そんな町で起こる事件もまともじゃないので、主人公たちも大変です。そういう困った「難」事件と向かい合う主人公は、やっぱり探偵がいいですね。といっても、コ●ンくんや金●一少年のようなズバ抜けた推理力はいらなくて。事件なんて解決してくれなくていいんです。気がついたら解決していた、みたいな感じでOK。推理よりも、トラブルにばかり巻き込まれて、不幸で不運で残念な、いつもズタボロの金なし腹ペコ探偵が面白いかなと思ったわけです。

あとできれば、起こる事件の結末も、あまり深刻なものでないほうがいいかなと。

まあ、天堂サイガは殺意の渦巻く洋館や、吹雪の中のペンションの食堂なんかに容疑者たちを集めて「犯人はあなたです！」とかやりたいみたいですが――。

「どうして、そういう話にしてくれなかったのだね？」

あ……天堂本人から直接苦情が入ってしまいました。

怒っていますね。今回の話、お気に召しませんでしたか？

「お気に召すも何も、あのオチはないだろう。あとがきから読む方もいるだろうから詳しく書いてもらっちゃ困るが、君は主人公という存在をなんだと思ってるんだね。『主』な『人』の『公』だぞ。主な人なのだぞ？　『公』はなんだか知らないが。いちばん活躍せねばならない役どころだぞ？　君は主人公というものを冒涜しているのではないかね？」

そんなことはありませんが。

「そんなことあるだろ。君は知らないだろうが、この前、『一反もめん』を目撃したから捕まえてほしいという依頼が来たのだよ」

いったんもめん――有名な妖怪ですね。

「そう！　一反もめんは超々々々有名な妖怪だよ！」

やっぱり、尾田少年が入ってきましたね。ああ、赤いお面が近い近い。

じゃあ少年、どんな妖怪か、皆さんに教えてあげてください。

「うん！　鹿児島県肝属郡高山町（現・肝付町）に伝わる妖怪でね、一反くらいの長さの木綿みたいなものが、ひらひらと飛んで夜に人を襲うんだ。一反は布の大きさの単位で、成人一人の着る衣料に相当する量なんだって。『大隅肝属郡方言集』では【イッタンモンメン】って書かれていて――」

ストップ！　思いのほか、ちゃんとしたウンチクなので驚きました。でも長くなるので止めてください。で、その一反もめんが祭鳴町に現れたと。

大事件ではないですか。

「大事件じゃないのだよ、作者くん。目撃のあった公園に向かってみたら、夜空を飛び交う布のようなものを見つけてな、こいつかと追いかけて捕まえてみたら、ＤＧが洗ったふんどしをドローンを使って乾かしていただけだったんだよ」

ああ……。

「それだけで終われば、笑い話なのだがね」

笑えない展開になったんですね。

あ、こんな感じですかね。ＤＧの操作ミスで、ふんどしが天堂の首に絡まって、そのまま宙吊り、というか首吊り状態になって、ぷらんぷらんと揺れながら夜空の彼方へと飛んで消えていったとか。

「実際に起きたことより壮絶な結末を考えないでくれ。わたしの話が薄くなるではないか。いいかね、わたしの場合はこうだ。ウオオッと叫んで一反もめんに飛びかかり、なんとか捕まえたはいいが、それはＤＧのふんどしで――しかも、洗ったと本人は思い込んでいたが実際は未洗浄のものだったのだ。つまりわたしは、夜の公園で奇声をあげながら老人の使用済みふんどしに飛びついていたのだよ……」

誰が見ても奇行ですね。

「ああ、奇行だよ。この失態は墓まで持っていくつもりだった。なのにだ。どこから聞き及んだか、ミルぽんがその時の動画を入手していてね。あっという間にＳＮＳで世界中に拡散されてしまったよ。まったく読めない異国語で動画にリプライがたくさんついていた。読めなくても笑いものにされていることはわかったよ。親に顔向けができない」

「天堂。そんなに落ち込まないで。アタシはちゃんと天堂のこと、わかってるから」

おや、サナギさん、こんにちは。

あれ。もしかしてあなたも怒ってます？

「あたりまえでしょ！　天堂がこんな不幸な目に遭うのは全部あんたのせいじゃない！　大人の都合かなんか知らないけど、アタシの天堂の人生を面白半分に狂わせないでよ！　こんなしょーもない事件の話なんか書いてないで、アタシと天堂にさっさとハッピーウエディングなエンディングを迎えさせなさいよ！」

いや、あの、それこそ大人の都合で無理なんです。小学生とおじさんですし。

「きぃぃぃ！　そこをなんとかするのがあんたの役目でしょ！」

無茶を言わないでください。あの、レイさん、レイさん。

さっきから黙って水晶玉を見つめてないで少しは助けてくださいよ。

「見えます」

――はい？　ああ。ぼくを占ってたんですか。

「あなたの未来の運命の暗示が見えます。白――一面の白。これは未来のスケジュール帳だね。あちゃあ、ちゃんと真面目に仕事しないとダメだよ。しめきり前に新作ゲームをダウンロードしてプレイした感想をSNSとかに堂々とあげてる場合じゃないよ。編集さん黙ってるけど見てるからね。それ、黙ってるっていう、強いメッセージだからね。SNSで仕事してますアピールも止めた方がいいよ。それ原稿が進んでいない時に多くの作家がやってることだから、編集さんみんなわかってるから。あと進捗うかがいのメールが来た時、薄目でチェックしてヤバそうなら読まずに閉じるのもダメだからね。スケジュールについて大事なことを書いてあるんだから。そんなことばかりしてたら今に仕事が来なくなるよ？」

肝に銘じておきます……。

色々大変でしたが、まだまだこのキャラたちで、この舞台で書きたいので、皆様、応援などしていただけたらとても嬉しいです。よろしくお願いいたします。

昨年の仕事納めができていない新年の日に

クトゥルー・ミュトス・ファイルズ
The Cthulhu Mythos Files

災難探偵サイガ

2023 年 3 月 1 日　第 1 刷

著　者
黒 史郎

発行人
酒井 武史

カバーイラスト　おおぐろてん
本文中のイラスト　健康肉類
口絵デザイン　kaimin.
帯デザイン　山田 剛毅

企画　株式会社ディッジ
https://www.dh3d.co.jp/

発行　株式会社　創土社
〒 189-0012 東京都東村山市萩山町 5-6-25-101
電話 03-5737-0091　FAX 03-6313-5454
http://www.soudosha.jp

印刷　株式会社シナノ
ISBN978-4-7988-3056-8　C0093
定価はカバーに印刷してあります。

CMF『童提灯』
黒史郎・著　おおぐろてん・画
CMC『童提灯』１・２
おおぐろてん・漫画　黒史郎・原作